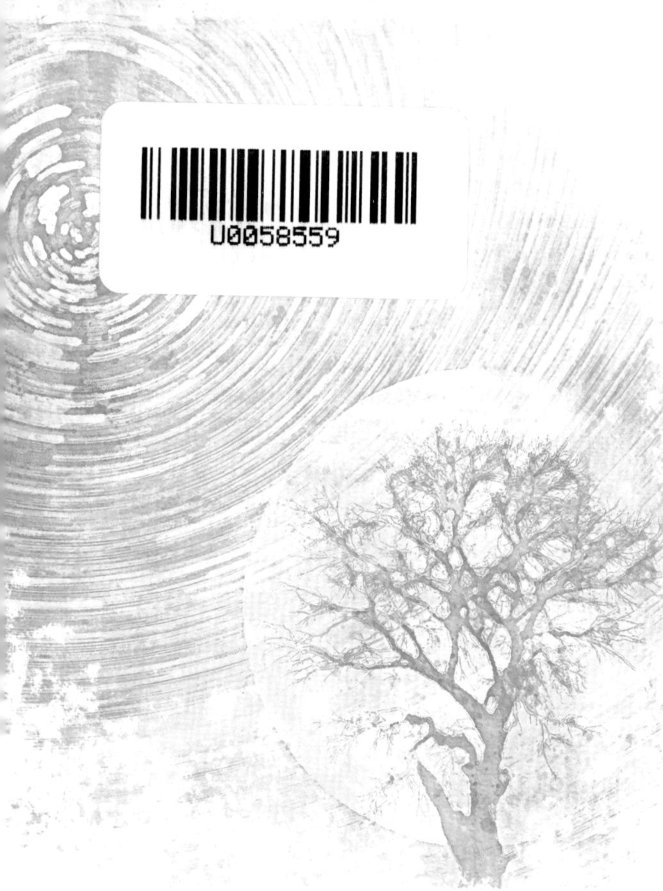

小説

十字架の女 〈宇宙編〉 ③

大川隆法

Ryuho Okawa

小說　十字架の女③〈宇宙編〉

（一）

太空船駛離地球，即便已經行至月球附近，也能從巨大的螢幕上看見地球的末日景象。

艾格妮絲想起了《啟示錄》，只不過書裡記述得很模糊，而如今展現在眼前的情景卻絲毫讓人沒有誤會的餘地，非常的明確且具體。

自己見證了地球第七文明的終結。堅持不懈地盡綿薄之力去拯救地球，結果卻連身邊的人們都無法拯救。父神胸懷愛與慈悲，同時也是一位嚴厲的審判之神。並且，自己本該尊稱為「父親大人」的存在……。諸般思緒，交織在她的腦海中。

但是，艾格妮絲沉思著，判斷拯救還是殺死地球人類的關鍵點到底是什麼？還有，未來是否因人類的意志和判斷的不同，而發生轉變了？

假如父神在二十一世紀放棄了人類，其根本原因到底是什麼？

核戰爭——或許有這個因素吧！但雅伊多隆將軍他們擁有能破壞核武使其無法發揮作用的技術及武器。若要做得徹底一點，他們甚至能把世間的核武都清除乾淨。

長年存在的殖民統治及種族歧視——應該也有這個因素。但是人們為改善這些發起了人權外交、化解南北問題、消除貧富差距的運動。

共產主義陣營與資本主義陣營的對立——這在一九九〇年前後，局勢發生了巨大改變。蘇聯解體，中華人民共和國也開始推行市場自由化，選擇了修正社會主義的道路，因而延續了下來。

在越南戰爭中，美利堅合眾國試圖保護的南越，敗給了中共和蘇聯支持的北越，最後美軍乘直升機從西貢撤退了。但是，越南並沒有持續施行共產主義，而是轉舵改向市場經濟，並且修復了與美國之間的關係。

曾是社會主義國家的印度，也在一九九〇年代轉型為自由市場經濟，充分展現了經濟發展。印度在俄羅斯與日美之間左右搖擺。

還有第二次世界大戰後，長期處於分裂狀態的南北韓問題。北韓是擁有原子彈和氫彈的獨裁國家，但在艾格妮絲針對核導彈進行「YES，U－turn」的祈禱以後，聯合國應該已經督促北韓與南韓實現和平統一了。此外，單憑美軍的力量，或許也遏制了北韓成為核大國。儘管日本有幾百萬人受害，但實在無法與世界多達八十億的人命相提並論。另外，雅伊多隆將軍們的宇宙聯合軍的力量，北韓根本就不是對手。那剩下的，就是中國國內的人權打壓，以及針對香港、臺灣的侵略計畫了。但只要七大工業國組織與Ｑｕａｄ（美國、日本、澳洲、印度）聯手，是有可能以經濟制裁和武力來防堵其野心的。

莫非主神震怒是因為起源於中國武漢的新冠病毒所造成的地球污染，以及包藏在其中的引發世界大戰的禍心？但根據推測，隨著新冠疫情大爆發開始返回中國，疫情或許會在五年左右結束。

若這不是原因所在，難道是因為俄羅斯與烏克蘭之間的戰爭，是一場可能招致人類滅亡的禍事？假如歐美和日本針對俄羅斯發起的經濟制裁，以及向烏克蘭提供武器、彈藥、糧食、資金等支援的做法能夠發揮效果的話，那麼迫使俄羅斯入侵部隊撤退也是有可能的。但是下一個階段發生了全面核戰。到底是哪裡出了問題？

又或者是主神認為，伊斯蘭基本教義派與以色列之間的對立已經難以挽救？宗教對立已經持續了千百年，連基督教也被牽扯其中，那的確是一場無比漫長的紛爭。

也許是在氣候變化問題和可再生能源問題上犯了錯誤？這方面應該在二〇五〇年之前能看到結果。

再不然就是神認為，歐巴馬伊登等人企圖推動的「ＬＧＢＴＱ」運動是所多瑪與蛾摩拉的翻版，因而引發了類似諾亞方舟的現象？

若非如此，難道是因為神認為，共產主義會把不工作的人送進監獄，但民主主義的變形——「新社會福利主義」則向不工作的人大把撒錢，導致長期財政赤字，變成比共產主義更惡劣的社會？

還有最後一個疑問，是關於惡質外星人的地球侵略計畫。惡質外星人到底入侵了哪個國家的哪位領導人？縱使世間人類多達八十億，縱使設有聯合國等國際機構以及國際法院，恐怕都無法解答這個問題。

最近兩任美國總統都公佈了不明飛行物體的存在，然而即便在先進國家，相關資訊也只會出現在惡搞的電視節目裡，完全是情報落後的狀況。

而如今，自己正乘坐著旗艦「仙女座星系號」，但地球人無法理解它的存在。

或許是「科學萬能的唯物論」意外地成了學問和媒體的主流，但「科學」卻仍停留在原始人的水準，與唯物論勾結在一起迫害「信仰」，從而令主神震怒。

很快就看到月球背面了。

艾格妮絲凝神關注接下來的事態變化，必須把它牢牢記住。就算是為了再次返回地球的那一天……。

（二）

月球就近在眼前。無數的隕石坑映入眼簾。這裡沒有空氣，所以也沒有氧氣。生命體真的能在這樣的地方生存嗎？

關於月球的起源，有人說是從地球的太平洋部分分離出去而形成的，也有人說是受地球引力吸引而來的隕石相互碰撞、體積變大的結果。只是分析月球岩石的成分後，發現它們的古老程度似乎和形成於四十六億年前的地球相差無幾。沒有人會相信月亮上有兔子在搗年糕的傳說，但是誕生生命需要水、空氣和適宜的溫度，還需要食物。

輝夜姬的傳說出現在一千三百多年前，越讀越覺得輝夜姬像是外星人。伐竹老翁在竹林裡看到一根發光的竹子，在其中發現一個小女孩，應該還有一些金子。三個月之後，小女孩長大成一個成年的公主。

於是，城裡身分高貴的貴公子們都來求婚，但公主故意出難題好讓他們放棄。

就這樣過了幾天，在一個滿月之夜，公主告訴老翁自己必須回到月亮去了。全副武裝的士兵們手持弓箭嚴密守衛在庭院和屋頂上，然而，月亮上的軍隊騰雲而來，釋尊率領天上眾人在樂聲中前來迎接輝夜姬。準備拉弓射箭的士兵們被看不見的原力牢牢鎖住，絲毫動彈不得。輝夜姬被送上天空，乘牛車返回了月亮的世界。這就是輝夜姬的故事大綱。

艾格妮絲覺得作為一部古代小說，故事裡的情節實在太像UFO的資訊。

第一，竹林中發光的小女孩，像是小型太空船和小型外星人。多數ＵＦＯ到了晚上會發光。而且在有關ＵＦＯ綁架的事件裡，常提到外星人與地球女性所生的孩子可以在數個月間長大成人。

還有，ＵＦＯ現身時出現飛機儀表失靈、遇見外星人後，身體像被鬼壓床一樣動不了的情況也時有所聞。與其說輝夜姬的故事是虛構的，倒不如說更像是根據真實經歷改編而來。

釋尊騰雲來迎接公主的部分也很有趣。

靈界的天上界與宇宙的區別比較模糊，艾格妮絲的天父與釋尊也有所關聯。

也就是說，如今的自己不就相當於某種意義上的輝夜姬嗎？艾格妮絲想。

浦島太郎的傳說中說到，被主人公幫助過的海龜把他帶到龍宮界，遊玩三年之後，再回去以前的村子時發現已經過了三百年。這個橋段也很有趣。龍宮城可能是某種「水的行星」；以為才過去三年，實則在超光速的世界裡已經過去了三百年，這是有可能的。並且，反過來也解釋得通。

按照雅伊多隆將軍所言，三千多年前摩西帶領眾人出埃及的時候，UFO曾提供過幫助，因此實際年齡不詳。其實，父神愛爾康大靈或許也已超過一千億歲了，所以，越深思頭腦越混亂。

身高一百二十公分左右，外貌塑造成和風美人的嚮導機器人開口：

「很快您就會明白了。」

「月球上有一些地下洞穴，還有些小型的地下城市。有人工建成的循環式河流，也有堪比東京巨蛋的人工照明。那裡飼養著小動物，還有菜園。有昆蟲，也有人在研究新物種的生物。有些人來自於過去的地球文明時代，就這樣留在那裡生活了下來。主要是在從地球上觀測不到的月球背面地帶，居住著幾十種宇宙生命體，那裡成了他們針對地球的出擊基地。不過，不是每個人都是同夥，也存在著敵對勢力。」

艾格妮絲：「比如說，是什麼樣的人？」

嚮導：「從那邊的監視器上，能看到外形像大型鳥貝的構造物吧？在地球上為非作歹的爬蟲類型外星人族就住在裡面。在這次的事件中，他們對中國及北韓介入得很深。」

艾格妮絲：「那麼，父親大人準備如何處置？」

此時，「仙女座星系號」的流線型船體的前端甲板上伸出了三門主砲。

三門主砲向左旋轉45度後，立刻發射出光線砲。

巨大的鳥貝型敵方基地關閉出入口，打算潛藏到地下。

接著，從旗艦的後端發射出四枚導彈。鳥貝型防衛基地遭到破壞，幾個貌似假面騎士的昆蟲臉外星人從基地裡逃了出來，駕駛摩托車模樣的交通工具，往月球表面的四面八方倉皇逃跑。

約十架直徑十公尺左右的小型ＵＦＯ從旗艦裡飛了出來，持光線槍追擊而去。

「正所謂『因果報應』啊！現在他們要為在地球上犯下的惡行付出代價。」父神說道。

「這些人假借傳授少許科學技術之名，一直在削弱地球人的信心。」主說。

艾格妮絲：「這樣就結束了嗎？」

主：「雅伊多隆將軍應該正在收拾地下基地裡的敵將巴祖卡吧。就是那艘現在企圖從月球上逃走的三十公尺級別的ＵＦＯ。」

雅伊多隆的戰艦使用渦旋式光線砲擊毀了巴祖卡的戰機。

艾格妮絲第一次親眼見到了宇宙戰爭的場景。

（三）

根據艾格妮絲的理解，月球上外星人基地的功能是用來收集地球的情報，以及作為外星人離開地球圈轉移到其他行星前的休息區。

艾格妮絲：「月球上到底住了多少人？」

嚮導：「這個嘛，平常差不多有兩三千人。有時候重大事件發生之前或者UFO的母船著陸時，也能達到上萬人。」

艾格妮絲：「到底哪裡才是出入口？」

嚮導：「請仔細看螢幕。那邊那個巨大的隕石坑上方是不是有個半球形的透明巨蛋？那個巨蛋開啟後，隕石坑裡面會敞開一個大洞，讓太空船進出。」

艾格妮絲：「父親大人有打算在月球上住宿嗎？」

嚮導：「這一次敵方主力逃去了火星，應該要發動追擊戰了。」

艾格妮絲：「但我想在月球上走走，哪怕只有一次也行。美國之所以在阿波羅計畫之後停止向月球表面派遣人員，恐怕是因為在這裡遇到了ＵＦＯ、ＵＦＯ基地和外星人，令他們感到危險的緣故吧？要是我在月球表面上散散步的話，說不定會有人來實地考察啊！」

嚮導：「真是的，艾格妮絲小姐真是不知恐懼為何物啊！親自去走一走就會感覺自己變成了『月兔』喔！」

於是，最多十五分鐘，艾格妮絲決定在月球表面散散步。她穿上太空服雙腳著地試了試，果然感覺身體很輕盈。

「單腳跳、跨步、雙腳跳！」

一步就能跳五公尺、十公尺那麼遠。真有趣！這時，從岩石下面冒出一個蠍子形狀的生物。

隔空傳來嚮導機器人的聲音。

「那隻蠍子是偵察用的機器。地下城市的監視員正在透過蠍子的眼睛觀察妳。請不要弄壞它喔！」

但聽到對方這麼說，就越想惡作劇。

艾格妮絲稍微彎下腰，抓起一塊合手的石頭，「嘿！」一聲朝蠍子形機器人扔了過去。感覺石頭很輕，一扔出去就向前飛了三十公尺遠。蠍子慌忙鑽進了土裡。明明是個機器人，卻像普通生物一樣懂得自我保護。

每跳一下，都會揚起一些塵土。但是並沒有像風般的東西吹過來。抬頭一望，無數的星星閃爍著。地平線上，三架UFO映入眼簾。

「差不多該回去了。」

艾格妮絲一想到這，就被一股強大的磁力光束吸進旗艦裡面。等回過神來，她已經換上佩有RO標誌的粉色制服，坐在原來的位置上。

艾格妮絲：「父親大人，月亮上有兔子的傳說，其實是因為以前真的有人在月球表面行走對嗎？否則，地球人根本不知道在月球上是可以跳著走的。」

主：「對，過去的文明裡也有人類來過月球。而且還有來自月球的人，把月球的無重力狀態告訴了地球人。或許因此才常有人說月亮上有兔子吧！」

「那麼，接下來去火星吧！月球的體積大概是地球的四分之一，而火星卻有半個地球那麼大。過去火星表面也曾有河流流淌過，還有空氣，但在很久很久以前爆發過宇宙戰爭，現在的居住環境相當惡劣。北極和南極覆蓋著面積相當於地球上格陵蘭島大小的冰帽，地底下也有水源。火星看上去是紅色的，是因為地表有很多鐵的氧化物，其中的一部分還成為了太空船的製造材料。那裡籠罩著一層稀薄的二氧化碳大氣層，外星人正在地底下建造大型城市。我們的基地在一個寬四十公里、全長四千公里，名為瑪麗娜山谷的大峽谷附近。」

父神如此說著，艾格妮絲等人的船在大約十五分鐘後抵達了火星上空。受太陽直射的地方溫度非常高，背陰面又極度寒冷。因此幾乎所有的外星人們把比月球稍大的基地建在火星的地下城市裡。據說，那裡有人造天井和人工照明的街區。土生土長的火星人長得像高個子的雞，智商很高。小灰人型的生化人被廣泛應用在各式各樣的工作上。一部分生化人用的是以前從地球上帶到這裡的人類的頭腦。是徹底滅絕的種族。

艾格妮絲發現，雅伊多隆等人的UFO艦隊也跟著他們來到了火星。看來這裡又將發生戰鬥。

準備降落在瑪麗娜山谷的右側時，透明的巨蛋開啟了很多個入口。戰艦們飛進去後，巨蛋又自動關閉了。接著，應該是地表的部分張開大口，將旗艦「仙女座星系號」以及其他UFO引導到了地下機場。

下船後，走進控制塔附近的大樓，走廊上形形色色的外星人穿梭往來，就像《MIB星際戰警》當中的外星人們。

艾格妮絲從父神那裡得知，他們應該是宇宙聯盟的地球對策本部的人員。

織女座、天津四、天狼星、牛郎星、半人馬座、小熊座、仙后座、仙女座、射手座等的名字紛紛湧入耳朵。

一下子無法全部理解，但能夠明白的是，他們是來自那些星球或星座的有志之士，似乎是來保護太陽系，尤其是保護地球。

此外，木星的衛星歐羅巴上似乎也有外星人居住。

「明天就是戰爭了。」

父親的聲音迴盪在耳邊。

（四）

火星的地下城市迎來了黎明。雖說如此，但其實這裡用的是人工太陽，只是夜間用淺藍色的光線照明，清晨切換成橘色系光線，白天變為正午的顏色。到了傍晚，又會變回橘色。時鐘顯示現在是早上六點半。由於八點鐘就要出發，必須趕緊做準備。艾格妮絲淋浴的時候，牆面上浮現出球狀電視機，同時播放三家電視台的報導。不知為何她可以同時聽懂三種報導。

十分鐘的淋浴時間裡，艾格妮絲一邊看著火星新聞。報導當中也穿插著有關地球以及其他行星的消息。

吹風機沒發出半點聲音，在一分鐘之內就吹乾了頭髮和全身。上廁所時，馬桶很不可思議，臀部被像章魚吸盤一樣的東西吸住後，會有咚、咚、咚三次信號，隨後大小便就被吸走，並在十五秒內進行洗淨、吹乾。

衣服分為室內用和外出用兩種，分別放在不同的小隔間，走進去後便會自動換裝。順便一提，室內用的衣服是柔軟的家居服感覺。艾格妮絲今早選的是白色家居服。

房間大約五坪左右，從地板升起的桌面上擺放著早餐。身高一百二十公分左右的侍者機器人與早餐一同出現，隨侍在側。

艾格妮絲正想拉開窗簾，窗簾就自然而然地打開，露出窗戶來。這裡很像是塔樓式飯店的一個房間。

窗外的景色有點像紐約，流淌著的河流有點像哈德遜河，河岸還矗立著帝國大廈以及在地球的二〇〇一年九月十一日倒塌的兩棟世界貿易中心大樓。侍者機器人告訴她，這些景色是依據主‧愛爾康大靈的回憶再現出來的。

早餐有湯、麵包、人造肉、水果和咖啡歐蕾。當然，菜色會根據當天的身體狀況而改變。

吃飯的同時，艾格妮絲觀看牆上螢幕播放的火星介紹。他們在大峽谷沿岸的地下，擁有一座百萬人口的城市。這似乎是被稱之為宇宙聯盟或行星聯盟人員們的，與太陽系有關的類似聯合國設施。

另外，在北極一帶冰帽下的地下基地，那是數千年間不斷腐蝕地球文明的惡質外星人的藏身處。據說，那裡也建立了階級組織，似乎聚集著宇宙中缺乏愛與和諧、破壞欲強烈的物種，以及在過去的地球文明中被流放的人們。他們的總數大約有兩、三萬人，他們擅長採用阿凡達模式讓自己的意識進入地球上的掌權者，在地球上的各個地方煽動叛亂、引誘墮落。而事實上他們還擁有戰艦、巡洋艦和UFO機群，在月球上被擊毀的巴祖卡UFO等，都曾在最近的地球亂象中產生莫大的影響。

早上七點五十分，引導機器人前來將艾格妮絲帶到「仙女座星系號」。她們使用透明的電梯，降落到通往入口的通道上。

機器人簡單介紹了船內的情況。這是一艘全長八百公尺、寬兩百公尺的戰艦，可以依戰鬥形態變換形狀。

今天全軍將出動近一千架戰機，需要修理的戰機已經在夜間徹夜修復完畢。

引導機器人介紹著，「星系號」的船員由兩百名外星人和三百名機器人組成，詳細情況會再另行說明，今天先在司令塔觀戰就可以了。總司令官是主神，實際上，名叫「科曼達Z」的人擔任艦長。戰鬥結束後會表明他的真實身分。

早上八點鐘到了。叮鈴鈴——信號音響起，火星表面的艙口打開之後，半圓形巨蛋也打開了。

共計一千架戰機的龐大軍團，在瑪麗娜山谷的五百公尺上空集結完畢。

父神簡短致辭後，下達了絕不容許讓地球第七文明毀滅的主犯「阿里曼」逃脫的命令。

全艦朝火星的北極上空前進。冰山的一角打開並形成隧道。一架又一架的敵方UFO蜂擁而出。

主力似乎是雅伊多隆和 R·A·高爾的戰機。那麼，火星上的決戰將會變得如何？站在左邊的艾格妮絲想從父神的表情上讀出些什麼。

但是，父親始終沉默無言。

接下來將開啟一段全新的體驗。

（五）

火星的北極跟格陵蘭島的面積差不多大。如果敵方基地設於北極的地底下，要徹底擊潰敵方所有勢力就絕對沒有那麼簡單，必須想辦法引誘出敵方大將級的將領才行。

現在飛到艾格妮絲前方的主要是約一百架小型UFO，這些是小灰人操縱的單人戰機，是為了偵察我方有多少戰力而來。一旦發現沒有勝算，就會躲到冰帽下採取固守戰術。他們應該一直以來都是這樣苟延至今。

但是這一次，我方有主神坐鎮，旗艦「仙女座星系號」也是首次登場，一定要贏取戰果。主神的真實意圖應該不僅是要懲治阿里曼，還要狠狠打擊與統治暗黑宇宙有關的邪神——總司令官坎達哈。

一開始，雙方都派出了小型UFO在空中交戰。在一百架敵機的面前，我方三百架戰機形成壓倒性優勢。

然而對方背靠冰山，將戰機外側變成了冰的顏色，採用變色龍式戰術，所以肉眼難以捕捉到他們。

而且，他們還使用了小灰人型的生化人，很難像面對人類那樣去讀取他們的內心。

位於左翼的戰艦「覺悟①」號的艦長是R·A·高爾。R·A·高爾飛躍敵方的小型UFO機群，從冰山上方發射出綠色的光線。霎時，冰山變成了一座綠色的山。因為敵方的UFO閃著銀光，很容易就被我方的小型ＵＦＯ鎖定了。我方用光線槍射擊，同時發射出導彈。大量的敵機被擊落墜毀。

下一波從冰山洞穴裡鑽出來的是形似鬼蝠魟，全長一百公尺左右的三艘巡洋艦。上面應該裝有導彈和光線砲。我方的七、八架小型ＵＦＯ被擊落了。敵機被我方ＵＦＯ上的光線槍射中後，多少有些損傷，但似乎還不到擊落墜毀的程度。位於右翼的雅伊多隆戰艦飛上前來。雅伊多隆戰艦是一架直徑達兩百公尺的大型ＵＦＯ，同時也是擅於戰鬥的外星人，單憑圓盤內側的「Ｙ」字樣就讓敵人驚慌失措。

雅伊多隆戰艦從戰艦兩側發射出直徑約七至八公尺，像光輪般的東西。這是新武器。光輪如手裏劍一般地旋轉著，不但把敵方巡洋艦劈成了兩半，撞到冰帽上之後還直接把冰撞裂了，在冰裡向前推進了數百公尺之遠。冰層裡面有洞穴，假如基地就在裡面的話，應該已經遭到了相當程度的破壞。證據就是冰山到處噴火、冒煙。

剩下的一艘巡洋艦被「星系號」三門主砲發射出的光線擊敗了。終於敵方的旗艦，也就是阿里曼乘坐的戰艦「All Black號」出戰了。十架五十公尺級別的UFO作為護衛艦在旁跟隨。

敵方戰艦的主砲射出彩虹色光束，嚴重損壞了我方巡洋艦「Old Goat號」。這艘船裡乘坐著從月球基地跟隨至此，名叫「Peaceful Mind」的山羊型外星人。他是一名外交官，熟練上百種宇宙語言。他朝火星的紅褐色地表墜落而去，急救隊應該會從基地趕來救他的吧！

敵方的十架護衛艦也陸續開火，擊沉了我方的小型UFO。

我方一艘名為「Eagle Mind號」的三角形黑色巡洋艦，從上空急速下降。「Eagle Mind號」的兩翼各攜帶四枚，共計八枚導彈。這種導彈有著一旦鎖定目標，不管天涯海角也會追擊到底的系統。

敵方的護衛艦中有五艘喪失了戰鬥力，兩艘逃到冰山的隧道裡，在隧道中發生了大爆炸。

剩餘的三艘護衛艦被旗艦「星系號」的前端所發射的三枚巨型導彈擊毀了。

那麼，要如何處置阿里曼的「All Black號」？他開始往宇宙空間逃去。

雅伊多隆戰艦奮起追擊。阿里曼企圖從火星朝木星方向逃竄。

雅伊多隆戰機上的「Y」字樣令阿里曼膽戰心驚。遭其擊沉的戰機恐怕是數也數不清。正式來說，雅伊多隆戰艦被稱為「God Fire號」。「God Fire號」的主砲發射出網狀光線，牢牢罩住了阿里曼的戰艦。光網由光的繩索連接在雅伊多隆戰機的主砲上。

雅伊多隆戰機強行活捉了阿里曼戰機，並拖曳到火星上空。

阿里曼戰機被拖到了主神面前。

只要「星系號」的主砲發射的話，阿里曼連同他的「All Black號」必會化為細塵。

阿里曼高舉白旗。

太空船之間的戰鬥，在主大獲全勝下告終。剩下的就是在火星基地逮捕、監禁、審訊阿里曼，將他過去犯下的惡行留在宇宙記錄上。主神將此任務委派給了雅伊多隆。

「仙女座星系號」的艦長「科曼達Z」，瞄準火星北極的中心部分，發射出相當於氫彈十倍破壞力的「Final Missile Z」。導彈像鑽頭一樣，一邊旋轉一邊變成鑽地彈，在北極的中央部分引發大爆炸。只不過，總司令官坎達哈是否人在那裡，則還需要阿里曼的供述。

（六）

阿里曼與雅伊多隆在偵訊室面對面了。阿里曼身高大約一百九十公分，身穿黑色制服。頭上長著天線般的角，但角的上方三分之一處向外彎曲，假如動畫裡的細菌人有父親的話，大概就是這副模樣吧！他的腰間繫著銀色腰帶，與瘦高的超人相比稍微有些微胖。

另一邊，坐在寬兩公尺、長一公尺半左右的桌子另一邊的雅伊多隆，彷彿是超人與美國隊長的綜合體。他身高兩百一十公分，體重大約有一百二十公斤。藍色制服的胸前刻著ＲＯ標誌。腰間的腰帶是用柔軟的特殊合金製成，內藏有多功能機械。指甲可以變長或變短地伸縮自如，左右各有五根手指。他的頭上雖然戴著美國隊長式的頭盔，其實他有一對金色十公分左右的角，推測是既能當武器，又可以作為通訊機器來使用。

偵訊由雅伊多隆階級的將軍親自執行，屬於特例中的特例，但阿里曼擁有超能力，應該可以操控他人的內心，因此必須由有能力壓制他的人負責偵訊，否則非常危險。

在這間近十五坪的房間裡，另有三名警備機器人待命。為避免被阿里曼操控，禁止擁有心靈的人類或者外星人進入。

螢幕前面有愛爾康大靈、艾格妮絲以及雅伊多隆在宇宙的妻子納米爾等人。納米爾女士是《真正的驅魔師》等歌曲的靈感來源，也是一位使出雷電流的宇宙歌姬。

雅伊多隆：「你是瑣羅亞斯德降臨地球時的敵人『阿里曼』，沒錯吧？」

阿里曼：「沒錯，我也是暗黑之神。」

雅伊多隆：「這幾年你做了哪些工作？」

阿里曼：「我向十字架上的耶穌．基督拋出了最後的誘惑。」

雅伊多隆：「具體內容是什麼？」

阿里曼：「我對他說：神放棄了你！詛咒神吧！說你不是神的獨生子來乞求饒命，然後跟抹大拉的瑪利亞結婚，組建幸福的家庭吧！」

雅伊多隆：「你還做了什麼？」

阿里曼：「我打壓基督教的神祕主義諾斯底派，把他們當成異端消滅了。我控制了基督教的教會。針對被看作是復活的瑣羅亞斯德教的摩尼教所推崇的善惡二元論，我動員瑣羅亞斯德教徒和基督教徒，對摩尼處以剝皮之刑將他處死。」

雅伊多隆：「因此摩尼教便消失了啊。之後呢？」

阿里曼：「我還建議伊斯蘭教的穆罕默德推行一夫多妻和破壞偶像。以此動搖基督教和佛教。」

雅伊多隆：「後來呢？」

阿里曼：「在日本，我讓聖德太子一族被滅。之後，雖不是我一個人所為，在中國的唐代，動搖了唐玄宗的佛教信仰。還令儒教轉變成革命思想。」

雅伊多隆：「歐洲革命呢？」

阿里曼：「法國革命時，我把國王們一個一個送上了斷頭臺，革命演變成共產主義式的武力蜂起。」

雅伊多隆：「對英國有做了什麼嗎？」

阿里曼：「我成立英國教會，並打造成比羅馬教皇的權威更強大的世間權力。」

雅伊多隆：「美國呢？」

阿里曼：「我指導了林肯和甘迺迪的暗殺事件。在那之前，還指導了凱撒的暗殺。」

雅伊多隆：「蘇聯、俄羅斯又如何？」

阿里曼：「我附身在托爾斯泰妻子的身上，讓她發狂、開槍，致使托爾斯泰離家出走，孤獨死在一個小鎮的火車站裡。我也阻止『新村運動』成為宗教。」

雅伊多隆：「托爾斯泰的《戰爭與和平》裡說拿破崙『反基督』，是你說了什麼嗎？」

阿里曼：「拿破崙宣揚的自由、平等、勤勉、努力、知識社會的思想讓我反感。我們在實行皇帝式施政的地方更容易附身在世人身上。講究努力和實力的社會真的很討厭啊。我曾經附身在列寧、史達林和赫魯雪夫的身上，對戈巴契夫沒有附身成功。普丁發動了俄羅斯－烏克蘭戰爭，只要他拋棄了信仰，我應該可以成功附身到他身上吧！」

雅伊多隆：「德國呢？」

阿里曼：「我干涉了馬克思。被基督教毀滅的古代的凱爾特神——雖然現在變成惡魔了——操控了希特勒。我讓史達林和富蘭克林・羅斯福都參與了第二次世界大戰，等於是拯救了地球。」

雅伊多隆：「毛澤東呢？」

阿里曼：「因為我很忙，把他交給我的同事秦始皇了，並從旁指點了一二。」

雅伊多隆：「第二次世界大戰中和之後的日本又如何呢？」

阿里曼：「日本驕傲自負，又從高處跌落下來。日本神道的『光一元』教義與阿胡拉．馬茲達的光明之神不同。但我能附身富蘭克林．羅斯福，都是多虧了日本的偷襲珍珠港事件。在波灣戰爭時期，附身在老布希身上，又在伊拉克戰爭時期附身在小布希的是恩利勒派別的邪神，是『齊塔星』的侵略者，也是你的敵人。」

雅伊多隆：「還有什麼想說的？」

阿里曼：「戰爭裡沒有正義。——一直宣揚這句話的媒體真不錯。

這方面是別西卜在負責，媒體會讓善惡不分，於是神和惡魔也就沒有區別了。」

由此，阿里曼的所作所為已經相當清楚了。當然，他一定還有同夥——。

（七）

根據阿里曼的供述，他駕駛戰艦出擊的時候，總司令官坎達哈從別的路徑逃到暗黑宇宙的某個地方。很遺憾，其中一個頭目逃脫了。

艾格妮絲跟雅伊多隆將軍的妻子納米爾聊了聊。基地裡有間小小的喫茶店。納米爾身高一百七十多公分，長得很像沖繩出身、四十歲引退的歌手安室奈美惠，是一名以宇宙靈魂存在的修女。聽說，在許多圓頂體育場裡，她讓來自宇宙的雷電流光線流向安室的粉絲們。話說，安室奈美惠也曾做過雙丸子頭的髮型，把頭髮盤成了角一樣的丸子形狀。而納米爾也長了兩個不尖的圓形角，能發射令眾人興奮、發麻的光線。除此之外，她還在地球上從事過引領時尚潮流之類的工作。靈感就來自地球人從未見過的宇宙時尚裡。

艾格妮絲點了拿鐵，納米爾喝的是沖繩咖啡。

艾格妮絲：「妳對那個阿里曼有什麼看法？」

納米爾：「真的很邪惡呢！他犯下的惡行絕對是供述出來的十倍以上。」

艾格妮絲：「真的存在什麼『暗黑之神』嗎？」

納米爾：「他一定是嫉妒地球神而故意妨礙神的計畫。在其他星球上也肯定吃過苦頭吧？」

艾格妮絲：「話說回來，妳的丈夫雅伊多隆先生怎麼那麼厲害？」

納米爾：「由我來說有點奇怪，但只要雅伊多隆在，愛爾康大靈就是無敵的。他之所以那麼強大，或許是因為他明白宇宙中存在著必須消滅的邪惡，而那些邪惡也正在影響著地球。只不過，地球人口口聲聲『和平』、『和平』，卻好像沒有真正的理解『正義』二字呢。」

艾格妮絲：「是缺乏智慧吧。」

納米爾：「三次元的物質空間，也是地球人、外星人與誘惑之間的戰爭啊！事實上，如果沒有名為『信仰』的梯子的話，是無法成為高次元的天使和神的啊。地球人不明白的是，如果不把信仰心與科學相互融合，連宇宙旅行也很困難呢。」

艾格妮絲：「是指異次元的瞬移隧道對吧。」

納米爾：「既有空間上的瞬移隧道，也有時間上的瞬移隧道。這次的地球第七文明並沒有進化到可以理解和運用它的程度啊。」

艾格妮絲：「什麼意思？」

納米爾：「只要得到真正的『宇宙覺悟』，不但可以穿越時間之牆在銀河間移動，還能在過去的文明以及未來的文明之間自由來去。」

艾格妮絲：「那真是太厲害了！這一次父親大人是不是沒能在地球上講到這些？」

納米爾：「執著於世間的地位、名譽、財產、權力、食物、異性等等的話，就無法穿越時間之牆、空間之牆以及文明之牆的呀。」

艾格妮絲：「這是妳在哪裡修行時掌握到的嗎？」

納米爾：「這個先保密。不過，妳自己應該先向主神愛爾康大靈求教。這也是此次宇宙旅行的目的，不是嗎？」

艾格妮絲：「啊，對了，我忘了父親大人邀請我一起吃晚餐了！」

艾格妮絲就此與納米爾告別，並用有些崇拜的眼神目送她離開。

「偉大的使命和偉大的覺悟是相互關聯的啊！必須更加、更加努力地學習才行。」

艾格妮絲急忙趕去餐廳「Beautiful Garden」。愛爾康大靈正微笑地等著她。

主：「我的女兒啊，學習上有進步了嗎？」

艾格妮絲：「只有一點點。」

主：「納米爾能操控雷電，可助雅伊多隆一臂之力。」

艾格妮絲：「果然有真正實力的人能聚集真正的人氣啊！」

主：「接下來，我必須傳授給妳在宇宙空間瞬移所需的覺悟。」

艾格妮絲：「是在心中描繪宇宙地圖嗎？」

主：「女兒啊，妳在『仙女座星系號』上有見過任何的操縱裝置、燃料、引擎之類的嗎？」

艾格妮絲：「說起來，它確實跟普通的火箭不一樣。」

主：「它完全沒有任何機械。一切都是將精神能量轉化成物質的結果。所以，既沒有方向盤，也沒有油門和剎車。沒有石油、煤炭、天然氣，連引擎也沒有。

可以說，它是一艘我們將意念現象化的戰艦。所以在宇宙間旅行時，並不是鐵製的船或者機械在移動。那些妳認為是物質存在的東西被分解成分子、原子、光子和靈子，瞬間移動到意念中的目的地，在目的地又恢復成原來的模樣。」

這時候，侍者機器人端來了像是牛排的料理。艾格妮絲噗哧一聲笑了。

「那，這塊牛排其實也會變成煙霧，是嗎？」

主：「不過，比如說看電視的時候，會感覺電視裡的人物真的存在，對吧？食物也是一樣的。」

艾格妮絲：「明白了。所謂『色即是空，空即是色』。從宇宙的層面去理解佛教的般若心經對不對？不存在的東西看上去像是真的存在，真的東西實際上卻是幻影。覺悟了這一點，就有可能實現行星之間的瞬間移動了。」

主：「雖然有點早，明天我們就出發去仙女座銀河。相信我，跟我來吧！」

（八）

「仙女座銀河是個什麼樣的地方呢？」

艾格妮絲有點興奮，晚上沒睡好。天終於亮了，迎來了早晨。其實根本不知道現在到底是何年何月何日，又是星期幾。原以為一天之內會結束的戰鬥，實際上持續的時間可能要長得多。

總之，這是在火星上的最後的早晨。雅伊多隆夫婦前來送行。雅伊多隆先生還需要在太陽系裡巡邏，因此不能一起去仙女座銀河。

雅伊多隆：「艾格妮絲小姐，在太陽系中，人類曾經居住過的金星由於火山爆發，高溫的硫酸瓦斯籠罩了整個星球，極高的氣壓讓那裡已經無法居住。儘管金星靈界和宇宙太空站還存在。木星的衛星歐羅巴上住著長得像直立行走的海獅的外星人，那裡是冰與水的世界。仙女座銀河的『M31』與地球相隔了二百三十萬光年的距離，也是我們的根據地之一，在那裡妳一定能有所收穫。」

艾格妮絲：「二百三十萬光年？那是多遠？」

納米爾：「以光的速度飛行要花二百三十萬年那麼遠喔。也就是說，等妳變成二百三十萬歲的乾癟老婆婆的時候才能到達。」

艾格妮絲：「不是吧！我不要！」

納米爾：「雖然愛因斯坦說沒有比光速更快的了，但其實沒有具備超越光速的速度就無法在宇宙間旅行。去請教父神吧！」

於是，在大家的送別中，艾格妮絲登上了「仙女座星系號」。

「以光速飛行二百三十萬年的話，那麼目的地是未來嗎？還是過去？回到地球上的時候，那裡會是原始時代嗎？還是說，到時候第八文明已經終結了？」

艾格妮絲喃喃自語的時候，主說：

「妳只需要相信。因為，神所創造的大宇宙，同時也是神的庭院。」

主：「那麼，出發吧。」

艾格妮絲：「艦長科曼達Z是誰？」

主：「其實他是海爾梅斯神在宇宙的變化身。接下來妳會明白海爾梅斯之鞋的真正含義。」

叮鈴鈴的聲音響起，似乎馬上就要出發了。空間開始扭曲。太空船像一頭鯨魚一樣，穿越無限的鏡之隧道。感覺自己一會兒變得很高，一會兒又縮得很小。之後，身體被分解成無數個分子，分子又進一步粉碎成了原子、陽子、光子、靈子。這就是所謂的「瞬間移動」嗎？身體已經看不見了，但仍在思考的自己還存在著。不知從哪傳來了一句話：

「最初先有了意念，意念創造了物質。」可能是主的話語吧！

隨著叮鈴鈴的聲響，感到太空船開始減速了。感覺彷彿從深海浮出了海面。鏡之隧道像跳躍一般變化著。終於，各個星球的文明繪卷一幅又一幅地展現在眼前。「星系號」從鯨魚似的狀態恢復成原來的船體。然後，像超高速磁懸浮列車一樣飛馳而去。

接著再次減速，感覺像是普通的宇宙旅行了。眼前的螢幕裡，映照出一顆與地球有些不同的藍色星球。

主：「艾格妮絲啊，馬上就要到了。二百三十萬光年之旅感覺如何？」

艾格妮絲：「感覺僅僅過去了十分鐘、二十分鐘的樣子。我已經變成白髮老婆婆了嗎？」

主：「沒那回事，妳還是妳。」

太空船穿破大氣層，緩緩橫越海面的上空，在一片綠意盎然的大地上著陸。

他們一從太空船下來，動物們和小鳥們都來迎接了。牠們長得跟地球上的動物差不多，不過牠們會說話。

身穿黑色制服的艦長科曼達Z變成海爾梅斯神的姿態現身了。

眼前出現一條由美麗寶石鋪成的道路。人行步道載著人自動前進，來到一棟白宮模樣的洋房前。

主：「這裡是三萬年前來日本之前的天御祖神的家。」

艾格妮絲：「可是這棟房子像是美國的建築物啊。」

主：「裡面有日式庭園和金閣寺那樣壯麗的日本建築。眼前的並不是白宮，而是林肯紀念堂的變化形。」

紀念堂的左側聳立著貌似金剛力士像的佛像，右側聳立著美國總統林肯的雕像。

穿過雕像之間，走進宅邸裡，果然看到了與京都金閣寺以及該庭園相似的景色。庭園裡有錦鯉游動，很像京都的池塘。形似金閣寺的建築比日本的要大一些，像一棟兼具實用性的和風飯店。

等回過神來，艾格妮絲已經換上了振袖和服，主也換上了莊重的和服。

宅邸裡走出一個身穿淡紫色連衣裙的美麗女性。

艾格妮絲脫口叫了一聲「母親大人」。

主：「潘格爾啊，我回來了。我把艾格妮絲帶回來了。還是說，叫她『鈴』比較好？」

潘格爾：「叫艾格妮絲就好了。成長了不少啊！身高也快跟我差不多了。這裡是妳的老家喔，不用太拘束。」

大顆的淚珠從艾格妮絲的雙眼滾落下來。原來在仙女座銀河裡，相距二百三十萬光年之處的地方還存在一個地球。

（九）

仙女座銀河比地球所在的銀河要大得多。根據從地球上的觀測，仙女座銀河正向我們的太陽系的銀河接近中，三十億年後兩者相撞，五十億年後將完全合為一體。

然而實際上，地球所屬銀河被仙女座銀河吸引中，仙女座銀河是遠比地球所屬銀河更加遼闊。

所謂的仙女座銀河「M31」並不是星球的名字，是指仙女座銀河裡的一個迷你銀河。

太陽系的行星、我們的地球，也正以秒速三百公里的速度向

「M31」靠近中。

艾格妮絲等人著陸的「M31」銀河中的另一個地球，別名「Mother」，意為孕育出多種生命體的母親一般的星球。它的體積是地球的一·二倍左右，水、溫度、大氣都跟地球差不多，重力也幾乎相同。非要說不同處的話，大概是這裡的植物和生物的生長速度可能更快些。現在地球的糧食類作物大多是很久以前從「Mother」帶到地球上，進而適應了地球上的生長環境。這裡的許多動物也和地球上的動物們的原型相近。另外，這裡跟地球一樣也有北極、南極和赤道，各個大陸板塊的氣候有所差異，有些地方則四季分明。

這裡目前大約有二十億人口，分成三個國家。這星球的人們有時會移居到地球上過去的文明裡，也有很多人會移居去其他銀河中其他太陽系裡已適度進化的行星上。

若要說它與我們太陽系中的地球文明之間的關係，應該可以把它看成是五個巨大根據地的其中之一。

距今約一億五千萬年前，主神以埃洛希姆之名降臨地球，開創了愛爾康大靈文明中嶄新的地球版本，還試著重新制定善惡的基準。

此後，也在諸多行星上以彌賽亞之名，即愛爾康大靈的分身行事，許多其他的九次元靈也都紛紛降臨到了地球上。那些史實被妥善保管在這顆行星「Mother」上。

現在，艾格妮絲等人身處以金閣寺為原型的日本場館，是坐落在一個略高的山丘，站在上面往下看，不遠處就能看到附近有一片類似東京灣的大海。在首都「天使之城」裡居住著大約兩百萬名人型外星人，一般的事務性工作和體力勞動皆由機器人完成。機器人也具有人類的感情，也存在夫妻和親子關係。累積到一定的經驗之後，還可以獲准以人類型外星人誕生到其他行星上。機器人的數量大概在三百萬左右。

現在，愛爾康大靈、潘格爾和艾格妮絲所在的國家被稱之為「大和」。

另外兩個國家分別是「伊吉普特」和「夏島」。「伊吉普特」和獵戶座關係很深，「夏島」則與天琴座關係很深。行星「Mother」上的「大和」，當然跟地球上的日本、亞洲以及古老的穆文明頗具淵源。

大約三萬年前，「仙女座星系號」降臨到日本土地上時，隨船而來的是體型比現在還要更為龐大的巨人族。其實，他們的身體伸縮自如，但當時地球上有很多恐龍，他們才採用了巨人的體型。雖說這樣一來令日本的古代人馬上歸順了，但是一開始他們為了適應當地的衣食住，費了好大的工夫。

艾格妮絲在自己的老家裡，母親潘格爾拿出相簿給她看當時的情形。

艾格妮絲：「父親大人一定是想著日本有金剛才那樣安排的吧。」

潘格爾：「雖然沒有金剛，但是好像從大陸來了長毛象、龍之類的猛獸。所以一開始必須展現出強悍的樣子。」

艾格妮絲：「長毛象比大象還要高大嗎？」

潘格爾：「是啊。有時候為了捕獲牠，死了好幾個人呢。」

艾格妮絲：「所謂的龍，就是大蜥蜴嗎？」

潘格爾：「龍是古代恐龍的後代，有的能在天空飛翔，還有的則像是長了腿的粗壯大蛇。但在跟人類爭鬥的過程中，數量越來越少。現在靈界還有龍，不過牠們降生到世間時，應該會寄宿在人類的肉體裡。」

艾格妮絲：「母親大人也擁有變身的能力吧？」

潘格爾：「我能變成如熊貓祖先的姿態，但行動起來不夠靈活，因此還可以變成豹。看上去有點性感，奔跑的速度堪比獵豹，能達到時速一百二十公里呢。」

艾格妮絲：「聽說父親大人能變成力士那樣龐大的身形，此外還能變成什麼樣子？」

潘格爾：「父親大人能變成巨大的白象，還能變成全身包覆純金的飛天巨龍。」

艾格妮絲：「透過瞬移航法來到這個星球上的時候，我感覺身體分解成了分子、原子、光子、靈子等等。一定是因為只要強大心靈的力量、提高覺悟，一旦念力達到創造之力的水準，就能讓三次元的肉體隨意變換形態。我一定要好好練習。」

潘格爾：「傻瓜。妳本來就會熾天使變換。能變出四片翅膀，迴旋起來能變成火焰漩渦。所以才是保護主神至今的四人之一啊。」

艾格妮絲：「啊，我就是以那樣的姿態穿越九次元的火焰牆，抵達主神的面前嗎？」

艾格妮絲想學的東西還有很多、很多。

（十）

隔天，艾格妮絲乘坐自家使用的小型UFO，在行星「Mother」上四處參觀。這是一艘直徑五公尺左右的UFO，一同搭乘的有負責駕駛的男性機器人和負責嚮導的女性機器人。

小型UFO從後院的車庫裡輕輕鬆鬆地出發了。UFO的內側有RO標誌，一看就知道裡面乘坐著這顆星球上最高級別管理層的相關人士。想必也有人採用隱形模式（眼所不見的姿態）在暗中保衛。

「天使之城」的海灣之內有一座紀念碑，形狀像是變形成「A」字形的鳥居。出擊時，會從這裡進行異次元瞬間移動。

令艾格妮絲吃驚的是，從上空俯瞰「大和」國，它的地形像是遼闊的日本四國上架著一個十字架。又或者說，像是澳洲大陸上加了一個十字型的碼頭，形狀彷彿就是隱藏在自己胸口上的胎記。這讓艾格妮絲回想起了往事，白色胸口上原本有塊四國形狀的胎記，從耶穌・基督那裡接受使命之後胎記就變成了十字架的形狀。這是「大和」國，同時也是距離二百三十萬光年之遠的仙女座銀河裡的「M31」中，太陽系中另一個地球「Mother」的故鄉的象徵。

視線中的每一根柱子，成為了往來於其他國家的航行船隻，或是飛行物的指標。

從空中俯瞰大地，這個國家和日本一樣，七成的面積被綠色覆蓋，三成是平原。

藍天上除了一輪大太陽之外，還有一些小型的黃色太陽。小太陽圍著大太陽公轉，兩個太陽照耀著這顆行星，分出早上、中午和晚上。

一天大約有二十九個小時，依季節的不同，晝夜長短有所差別。

整體來說，相較於地球，這裡的日照時間更長，因而植物的生長速度相對也要快一些。稻米、小麥一年收穫兩、三次似乎很普遍。

「Mother」上的「大和」國的水資源也相當豐富，到處都是湖泊和池塘，還有河流流動。

河流和池塘裡的鯽魚長達一公尺，鯉魚能長到三公尺左右，能一口把小孩子吞進肚子裡。

飛到海洋的上空，可以看到抹香鯨、藍鯨在噴水的同時跳躍著，就像海豚一樣，不過牠們可比海豚大多了。一頭長達二十公尺的抹香鯨正跟一條十五公尺左右的大王烏賊纏鬥在一起。如果這裡有天御祖神時代那種高達二十五公尺左右的力士型人類，能捕獲那樣巨大獵物的話，足夠給晚餐添一道豐盛的菜肴了。想到這裡，艾格妮絲不禁噗哧一笑。

在空中飛了一陣子，名為「伊吉普特」國的梯形大陸映入眼簾。綠地面積占了國土的一半左右，既有大型猛獸，也有鹿、羊、馬、牛等等兼做食用的動物，牠們像野生動物園裡的動物一樣被放牧著。

在「伊吉普特」，有很多地球不少地方常見的金字塔型祭壇。有幾十公尺高的，一些大型的在二百公尺上下。大概這裡存續著地球上廣為人知的祭壇型宗教。

金字塔的四周，是近似巴黎的放射狀道路，還看到了凱旋門一般的建築，相信一定出現過像拿破崙一樣的英雄吧。

並非所有偉人都如艾格妮絲的父神一般低調行事吧！她推測這裡應該存在一些華而不實的貴族。嚮導機器人不等她開口詢問，便回答：

「正是如此。」

再跨越大海繼續向南，就可以看到「夏島」國了。若俄羅斯地處溫帶的話，就會是這種感覺吧。

只要從空中俯瞰的話，就可以看到這片國土工業地區和農業地區涇渭分明。

部分地區看起來像是軍事設施。根據時代不同，行星「Mother」也會遭受從宇宙來的侵略，為此也會舉行軍事演習。嚮導機器人解說道，在麥哲倫星雲的「齊塔星」、「半人馬座β星」等等中，有些擁有很強戰鬥力的人們，曾多次爆發過宇宙戰爭。宇宙戰爭的結果，是愛爾康大靈屢次接納了那些逃到其他行星上，甚至遠遠撤退到地球的人們，把他們視作地球人迎接包容進來。所以，在這數億年間，愛爾康大靈似乎是把地球當做了重要的落腳地。

艾格妮絲在傍晚時分回到了家裡。

在各個時代關照過自己的人們齊聚一堂，應該算是歡迎會吧。

今天，母親潘格爾穿上了高級和服。和服上描繪著富士山、仙鶴和元旦日出的紋樣。

歡迎會上來了很多看起來是不同種族的親戚們。大家的話題都集中在地球第七文明的終結，和第八文明的建設上。

還有的人在說「已經沒有任何辦法了嗎？」、「第八文明的中心是什麼樣的教義？」

有位長者風範的人站出來說：「是有辦法讓時光倒流，使終結戰爭重新來過的。從這個國家帶幾名光明大天使過去吧！」

父神言道：「等艾格妮絲對宇宙具備更多知識之後，會重新開始的。」

（十一）

經過了幾天。艾格妮絲聽說這個星球上也有溫泉，很期待能去體驗一下。

然而早上八點鐘左右，客廳裡的視訊電話響了起來。正想著是誰打來的，原來是R·A·高爾先生。

R·A·高爾在火星戰爭中擔任過「覺悟①」戰艦的艦長。

艾格妮絲：「讓您久等了！」

R·A·高爾：「不不，很抱歉突然致電給您。」

艾格妮絲：「在火星的時候，承蒙您的關照。」

R·A·高爾：「愛爾康大靈說想讓您更加深對宇宙的認識，所以能不能請您到我這裡來一趟呢？」

艾格妮絲：「咦，可以嗎？」

R·A·高爾：「非常歡迎。不過，我這裡的食物沒有您那邊的好吃就是了。為避免您失望，容我提前告知一聲。」

艾格妮絲：「食物什麼的無所謂啦。」

R·A·高爾：「呵呵呵呵。那麼，九點左右，我會讓UFO停在您家附近的廣場上接您。」

艾格妮絲在潘格爾的幫助下準備出門，不久，R·A·高爾的戰艦就出現在一百公尺附近，那是一艘直徑二百公尺左右的大圓盤型UFO。

艾格妮絲：「母親大人，那也太大了吧？」

潘格爾：「妳要去的是北極星附近的『小熊座安達盧西亞β星』喔。使用瞬移航法時還是大型太空船比較好。」

艾格妮絲：「北極星？就是從地球上看，永遠在北方的那顆星星嗎？」

潘格爾：「妳至少聽說過『北斗七星』吧？中國過去有種說法，說天帝就是從那裡來的。妳的父親大人也曾去那裡指導過。」

艾格妮絲：「那，我出發了。去好好修行。」艾格妮絲說著出了門。

大圓盤型UFO伸出了舷梯，R·A·高爾親自下船迎接她。

R·A·高爾：「公主殿下，請小心腳下。」

艾格妮絲：「公主殿下？請別這麼叫我。我還只是個什麼都不懂的二十多歲的女孩子。」

太空船內部當然比「仙女座星系號」要小一些，不過司令塔附近挺舒適的。

艾格妮絲：「特地出動戰艦來接送我沒關係嗎？」

R·A·高爾：「因為這艘船速度最快，萬一碰上危險勢力也有實力與之一戰。」

艾格妮絲：「非常感謝您的周到安排。大約什麼時候能到達那顆星球？」

R·A·高爾：「因為常規的運行方法行不通，瞬間移動的話大概十五分鐘左右。現在開始起航。」

「叮鈴鈴」的聲音響起，太空船好像輕飄飄地浮到了高空，緊接著圓盤UFO穿過海灣內的「A型」鳥居，穿越了大氣層。

眼前的星空開始遊移，就像是穿過了一道又一道的鏡面玻璃鳥居。並且，UFO內所有的東西漸漸變得模糊，溶化在大氣裡。艾格妮絲感覺自己也像變成了黃金沙粒一般失去了形狀。

誦經似的反覆在心中唱誦著「小熊座安達盧西亞β星」的過程中，戰艦加速行駛了十分鐘左右之後，開始減速了大約五分鐘。然後又看到了鏡子一樣的通道，仔細一看，外側有好幾顆星星，遠處看起來是銀河。

接下來，進入常規運行，穿入了星球的大氣層。太空船並不像地球上的火箭艙般起火燃燒。是因為它是異次元的存在，直到它能夠在大氣層自由飛行。

「安達盧西亞β星」顯然是個以山岳為中心的行星。它與行星「Mother」相反，國土比例是「海3」對「陸7」，而且陸地上多是山岳地帶。

光從高空往下望，會令人產生「這裡的生活環境可能有些惡劣」的感覺。

很快，從山岳的山腰地區顯現出一片平坦的平原。太空船在那裡著陸了。這裡是一片草原。走出船外望去，能看到很多成群的山羊和犛牛，都是生活在海拔較高的山區的動物們。在那邊的沼澤地裡還有幾頭水牛。

R・A・高爾：「這裡的環境與喜馬拉雅、尼泊爾和西藏相近。由於氧氣有些稀薄，直到您適應為止，請咀嚼這個！」R·A·高爾將像口香糖的東西交給了艾格妮絲。

口香糖嚼起來味道清清涼涼的，隨著咀嚼，感覺嘴裡產生了氧氣。

R·A·高爾的服裝從太空服變成了攀登喜馬拉雅的僧侶所穿的橘黃色斗篷，頭髮變成了丸子頭。面容也變得跟釋迦牟尼大人非常相像。

戰艦在山的地表大開後，被收納到了裡面。

R·A·高爾：「想必您多少已經看出來了，這個星球正是所謂的『修行星』。核心成員主要是那些從各種銀河而來，為了成為彌賽亞，而聚集到這裡的人們、提供支援的修行僧，以及負責管理山岳上的動物的機器人們。人口只相當於一個村子、一個小鎮的規模。由於這個星球的生活環境比較嚴苛，很多人都堅持不到兩年。我現在暫且擔任這裡的導師，過去愛爾康大靈曾親自在這裡指導。在這個星球上，要學習如何控制物質欲，提高靈性自覺。因此，不但要接受一星期左右的斷食，還要以葵花籽、小米粒、稗粒、豆子之類為食，並用山羊奶製作的奶油暖身，將乳酪作為主食。儘管這裡沒什麼值得偷盜的，不過還是在上空設置了屏障，外敵很難入侵。」

「那麼，艾格妮絲，妳能堅持幾天呢？」

看來似乎來到了一個不得了的地方。

（十二）

沒想到，在包含了北斗七星的浪漫星座中，還有「小熊座安達盧西亞β星」這樣為了成為彌賽亞而設的修行星。

既然說父親大人也曾經在這裡擔任大導師，那麼從大天使成長為救世主的關鍵應該就藏在這顆星球上的生活裡。那到底會是什麼呢？

房間內部像是改良後的洞窟，正中央擺著爐子，似乎是用來取暖和煮飯的。房間的地板上鋪了稻草，好像是用來代替地毯和沙發。

「『R·A·One』，請過來這邊。」高爾先生一聲呼喚，從沒有門的隔壁房間裡，走出一個十歲左右的男孩子。他長得很可愛，卻剃著光頭，就像是西藏一帶天空之城裡的孩子。他可能是高爾先生的兒子。

「唔，我結過婚。可是在這種修行星上，女性通通都逃走了。留下的幾乎都是男性。這個孩子協助處理我身旁的事物。」

R·A·One向艾格妮絲行了一禮，就去準備午餐了。

R·A·高爾：「今天是妳來到這的第一天，有大餐喔。」

一顆電燈泡從天花板上垂了下來，簡直是昭和時期前半段的光景。白天為了採光，有時會用竿子撐起岩石上鑿穿的孔洞的木窗，讓空氣和光線穿透進來。

少年在角落的狹小廚房中，不知在做什麼。過了一會兒，他用木頭托盤端來了飯菜。艾格妮絲的那份有一塊乳酪、一顆小小的芝麻糰子，再加上一碗犛牛酥油茶，這就是全部。三分鐘就吃完了。

廚房對面有個「水槽」，樣子像是半截雨水槽的竹筒，流水口朝上。少年用那個「水槽」裡流出來的山岩泉水把三個人的酥油茶碗洗乾淨。

艾格妮絲若有所思地「唔」了一聲。「這就是大餐？」三軒茶屋的拉麵突然在她腦中浮現。

「醬油拉麵一碗好像是六百三十日圓。筍乾特別入味，半顆溏心蛋也很好吃，還加了兩三片調味海苔，用湯勺喝湯，咕溜咕溜大口吃麵。熱氣騰騰的，再配上一份煎餃就太棒了！」

火爐對面的R．A．高爾一副忍著笑容的樣子，微笑著。

R．A．高爾：「艾格妮絲小姐，這個星球上用不到錢喔。」

艾格妮絲：「咦，那買東西時怎麼辦呢？」

R·A·高爾：「一切都靠自給自足。」

「是嗎。自給自足啊！也就是說，拉麵麵條得自己做，也不知道有沒有筍乾。拉麵湯底要怎麼做呢？調味海苔也得先去海裡採集海藻，然後再曬乾、加工嗎？雞蛋的話也得先找到母雞才行。煎餃什麼的就別想了，根本做不出來。」

艾格妮絲的腦中所想之事，瞬間就被R·A·高爾讀取了。

R·A·高爾：「地球上的生活確實很便利，但仔細想想，有些是奢侈之物吧？所以人們才會熱衷於便利性和消費。就算不學無術，大腦空空，也能用智慧型手機查到任何資訊。只要有錢什麼都買得到。如果以為那六百三十日圓是付給拉麵店大叔付出的勞動，那就大錯特錯了。原材料不但是由很多的人製造出來的，還耗費了物流成本。但沒有一個人能在日常生活中意識到這一點。在這個星球上，要重新回歸原點，重新審視自己心中的欲望，修行就從這裡開始。」

艾格妮絲吃了一驚。原以為無欲的自己，實則被欲望纏身。原以為是進步的東西，實則是退化。自己作為一個什麼也做不出來的現代人，以為操作電腦就是勞動了。然而自己一個人根本也做不出電腦來。啊，傷腦筋啊！哎呀呀……

R．A．高爾：「沒錯。人必須從『知足』開始重新出發。生活在過度便利裡的現代人，已經連『感謝』也做不到了。進而忘記了該向別的人們『報恩』。對雙親、老師、世間人們的感恩，對國土的感恩，還有最重要的對至高無上神佛的尊敬之念通通都喪失了。於是，過度膨脹的欲望滋生出不正當競爭，最終走向文明終結。懂了嗎？」

這時，R·A·One插嘴說了一句：

「姐姐，一起去收集晚餐的食材吧。」

艾格妮絲儘管有些頭暈目眩，還是跟著少年走出了家門。群山連綿至遠方，景色很美。

少年牽著艾格妮絲的手在山路上奔跑。他的另一隻手提著籃子。

少年：「今晚吃什麼呢？」

艾格妮絲：「有選擇嗎？」

少年：「通常是找到什麼吃什麼，不過為了姐姐，我會努力的。」

終於看到了一片農地，那裡生長著紫色的玉米。少年「啦啦啦」地哼著歌，採摘了六根玉米。

然後，他又採了生長在岩石之間的仙人掌放進籃子，還摘了一些蒿麥仁。

最後他到了沼澤地的水牛那裡，把掛在樹上的水桶拿下來，擠了些水牛奶裝在裡面。

「姐姐也試試看吧！」既然他都這麼說了，艾格妮絲戰戰兢兢地去擠奶，但怎麼也做不好。

「啊，可以用這些水牛奶做莫札瑞拉起司。地球上的義大利餐廳真好啊！」艾格妮絲自言自語道。

一回到家，少年碾碎玉米粒做成丸子，再用兩片鐵板把它壓扁，做成像是大阪燒的形狀。仙人掌和蕎麥仁都是餡料，包在烤好的玉米薄餅裡。水牛奶則如預料之中的在爐子上的鍋裡加熱中，代替晚餐的湯。

（十三）

夜晚降臨了。這裡似乎是躺在鋪著稻草的木板床上，裹著山羊毛毯睡覺的。有些許大自然的味道。

隔天早上，艾格妮絲從附近的水井取水，把房間打掃乾淨。早餐喝了一杯溫熱的山羊奶。

「那麼，就從八點開始修行吧。」高爾導師說。

她在附近一處視野良好的山崖上坐禪，練習無念無想。

高爾導師說：「想像自己的體重是零公克，維持坐禪的姿勢，試著瞑想從空中飛行到對面的湖，然後再飛回來。」

導師如他自己所說的那樣懸浮在空中，離地大約五十公分，向五百公尺之外的湖面上飛去，轉一圈之後又飛了回來。

艾格妮絲一公厘也沒浮起來。儘管她意識到「啊！要覺悟到色即是空啊」，但還是很難用自身的意念來讓自己的身體處於無重力狀態。

高爾導師接著又說：「去聆聽無聲之聲。」

這也很難。總之，艾格妮絲將全部精神都集中在聽力上。她從鳥鳴聲中捕捉到一絲類似意念的東西，只是無法形成語言。

高爾導師說：「湖中有一條紅鯉魚，等一下牠會跳起來，去讀取牠的內心。」

果然在三十秒之後，一條大紅鯉魚跳了起來。

可惜艾格妮絲沒能捕捉到牠的心聲。

「看來對妳來說有點難啊。那接下來，十公尺之外有棵柿子樹，妳試著用念力讓一顆果實落下來。」

念力的話，應該多少還能運用一些。艾格妮絲把念力集中到一顆熟透的柿子上，這次沒讓柿子落下來，還像是開了一槍似的，在柿子上擊穿了個洞。

艾格妮絲的肚子發出「咕咕——」的聲響。

因為從早上開始就空著肚子了。

「那麼，今天先到這裡。跟我兒子一起上山找番薯吧！」

R・A・One來了，他敏捷地攀登著山路。艾格妮絲使出所有的力氣才勉強跟得上。

半路上，從山白竹中出現一頭野豬。

「那個，不能吃肉嗎？」艾格妮絲問。

「這裡禁止殺生。」R·A·One說。

「那，看來只能去找番薯了，番薯能當主食。」艾格妮絲說。

但是艾格妮絲沒找到番薯，只挖出了三根山藥。

R·A·One連根拔起了五個番薯後，走下山。

他們回到家，卻不知道該怎麼料理山藥。沒辦法，只好用水洗乾淨，削了皮，像切蘿蔔一樣切成塊。山藥泥拌飯之類的他們根本不會做。

R·A·One把番薯串成一串，放到爐火上烤。不一會就飄來了甜甜的香氣。

這就是三個人的午餐。

高爾導師說：

「艾格妮絲，不必心急。這顆修行星的意義在於覺悟『何謂活著』，以及覺悟神的恩惠和過去人類開創的文明、文化的崇高。」「這些能幫助妳開啟感謝和報恩之路，並與覺悟出何謂勉勵人類有所關聯。」「妳去那個窗戶一邊瞑想，並一邊試著在心中描繪出父親與母親的樣貌，對他們獻上感謝吧。」

艾格妮絲依言照做。

她感受到主神慈愛的目光。

感受到母親無限的愛。

或許是錯覺吧，她感受到長達數億年的歷史如全景畫卷般展開來。

「過去」既像「現在」，也像「未來」。

今天的修行就到這裡。

另一天，高爾導師進行了降下冰雹的修行。

從瀑布飛升而起的水霧，以為已經往上空飄舞，突然變成大顆的冰雹紛紛從天空落下來。這是父神曾使用過的聖業。艾格妮絲也努力降下了幾個冰雹。

接著，高爾導師從藍天中降下無數的火球。

山坡斜面上的灌木叢開始四處燃燒。

艾格妮絲也集中精神，試著降下火球。

山火燒得更旺了。

R．A．高爾導師讓湖面的水漂浮在約一公尺的半空中，並覆蓋在大火之上。火勢馬上就平息了。

R．A．高爾：「看來妳運用念力操控的才能比較優異。」

「從現在開始磨練自制心、對無我的境界有所覺悟，努力修練瞬間移動的方法吧。如此一來，妳就可以不必借助太空船，也能瞬間移動穿梭在行星之間。」

又是另一天，這次是在草原上訓練。

「今天是作為熾天使的戰鬥訓練。秉持保護主的強大意志，顯現妳的真身吧。」

艾格妮絲合掌之後，開始旋轉。終於四片翅膀伸了出來，包裹在火焰中。她上升到一百公尺高空中，從空中向瀑布發射出光線，於是瀑布的水在半途中就蒸發消失了。

接著，從她的手掌中發出火球，朝岩壁發射而去。岩石的表面被擊得粉碎，小石頭紛紛滾落下來。

R·A·高爾對艾格妮絲的成果給予一定的肯定，接下來只剩下在實戰中磨練能力了。

高爾導師：「接下來該去雅伊多隆司令官那裡進行針對惡質外星人的戰鬥訓練了。要是暗黑宇宙的帝王出現了，就向父神祈求給予助力吧。」

（十四）

R·A·高爾的兒子R·A·One一點也不怕生，總是崇拜地叫她「姐姐、姐姐」。「修行星」上的第一階段結束了，艾格妮絲帶著依依不捨的心情被送回仙女座的行星「Mother」上。

父神和母親出來迎接她。

母親潘格爾有些擔心地喃喃說：「瘦了呢，有瘦了五公斤吧！」

那晚，有著和地球相比，稍微大型的鯛魚和大型的伊勢龍蝦出現在晚餐中，是久違的大餐。

艾格妮絲：「在修行星上修行之後，感覺飯菜真是美味啊。吃得太飽就容易忘記能吃到飯菜應該心存感激。」

主：「這也是一種學習。欲望太強，人就只會不滿和抱怨。忘記『知足』的人，也會把對他人的愛和寬容一起忘記。」

艾格妮絲告訴他們，R·A·高爾導師建議在雅伊多隆先生那裡進行戰鬥訓練，母親說：「稍微休息一下再去吧。」

父神也說：「雅伊多隆現在應該正在追擊裏側宇宙的帝王。以艾格妮絲目前的能力，危險性還是很大。在此之前，先在梅塔多隆那裡多學習些有關『愛』的課題。沒有惡魔可以戰勝愛。單憑法力的話，有時能打敗魔，有時也會輸的。」

於是一家三口決定去行星「Ｍｏｔｈｅｒ」上的溫泉療養。

隔天，他們乘坐中型ＵＦＯ出門了。這顆星球上的「大和」國裡也有溫泉湧現。

大約飛行了五分鐘，眼前出現一座像是日本富士山的圓錐形的山，似乎是座火山。

主：「它被稱為『不死之山』，也是富士山的語源。這裡有很好的溫泉水。供我們家使用的特別別館在『天御祖神神社』的後面。」

著陸後走了幾步，有段一百個臺階左右的石階路，上面有著常見的「A字型」鳥居。穿過鳥居，中央整齊鋪設著類似大理石材質的參道，而兩側的參道，左邊鋪了黑色玉石，右邊鋪了白色玉石。正中央是神行走的通道，左邊像是人類（外星人）女性走的，右邊則像是男性走的。

一家人走在中央的大理石路上。走了一百公尺左右，從樹木之間出現一座形似大雁塔的多層建築。看不出是什麼材質的，土色的牆，鋪了瓦的屋頂，屋頂上又是一層土色的牆和鋪了瓦的屋頂，就這樣一共蓋了七層。

從一樓入口走進去，立著一尊不是不動明王，而是與仁王像有點相像，和相撲選手一樣大的大型雕像。那是以三萬年前現身於富士原野，身高有二十五公尺高的天御祖神為原型而打造的。

艾格妮絲：「父親那時真是魁梧啊。」

主：「這副身軀再加上手握十公尺長的日本刀，哎呀，村子裡的人們驚恐得很。」

潘格爾：「不過，這也展示出神的偉大，在無言之中就傳授了信仰心給他們。」

艾格妮絲：「母親也一同前往了嗎？」

主：「那個時候，妳用巨大的『劍齒虎』的身姿警備著呢。等村民們平靜下來，妳又變成像是元祖・木花開耶姬一般的身姿，自稱『般若公主』，對吧。」

潘格爾：「是啊。那時我並不具備著般若智慧，所以應該叫熊貓公主才對。」

艾格妮絲：「那樣的話，『般若心經』的『般若波羅蜜多』就變成『熊貓波羅蜜多』了呢。」

潘格爾：「哎喲，妳這孩子，竟然拿父母開起玩笑來了。難道妳不問問那時候妳叫什麼名字嗎？」

艾格妮絲：「咦，叫什麼呢？莫非我叫猩猩公主，是日本猴子的祖先？」

主：「是鈴子公主。因為性質惡劣的熊時常出沒，妳總是把鈴鐺繫在腰間。」

三人在談笑間來到了別館。

日本人模樣的和風老闆娘和女侍，從位於神社後面的別館中走出來迎接他們。

這裡儼然是一棟宏偉的和式迎賓館。

在走廊裡行走時，透過玻璃窗可以看到非常漂亮的日本式庭園。

到了房間，那裡有三個露天風呂，中間用竹葉隔開來。

其中一個風呂大得就像是池塘。

老闆娘：「因為是以天御祖神的身姿能夠使用所打造的，所以風呂深達十公尺以上。敬請恢復成祭神的姿態入內使用。」

艾格妮絲在心中大喊「太好了！就好像來到了仙女座的『不死之山』和『強羅溫泉』一樣。」

那天晚上，艾格妮絲吃飽後，睡在鬆鬆軟軟的被窩裡。住了兩天之後他們回到家中。

接下來要去梅塔多隆先生那裡了。既然他是作為耶穌的分靈的宇宙魂，那麼是不是長得跟耶穌很像？還是直接的說，是山羊型的模樣？

射手座的「英庫路德星」是個什麼樣的地方呢？聽說他的夫人雅姆蘿絲跟自己的母親潘格爾像姐妹一般。妹妹賽姆蘿絲長得幾乎跟我一模一樣，唱歌、跳舞、演技都很擅長，是個藝術系的靈魂。

在射手座，有相當於大熊座中存在著與北斗七星平行的南斗六星。中國有種說法，說人的壽命是由北斗和南斗上掌管生死的神仙討論後共同決定的，還說向南斗六星祈求長壽最靈驗。下一段旅程即將到來。

艾格妮絲的心情激動不已。

（十五）

雖然知道射手座的「英庫路德星」，但艾格妮絲仍無法馬上理解。

尋找射手座的時候，往地球所在的銀河系的中心方向能看到「皮斯特魯星」，可以將其作為地標。這個星球被手槍形狀的星雲所籠罩，它的重量是太陽的一百倍，是一顆最重量級的星球。

不過，「英庫路德星」所在的並不是像銀河系般壯麗的螺旋形大型銀河，而是一個沒有明確形狀，可以說是「不規則銀河」或迷你銀河，屬於「矮小銀河」之一。如今，「矮小銀河」正被各處的螺旋銀河吞併中。

「英庫路德星」就在射手座的矮小不規則銀河「NGC6822」裡面。

「不管啦！」艾格妮絲只帶著駕駛機器人和嚮導機器人，一鼓作氣朝「英庫路德星」出發了。這也是修行的一環。這次乘坐的是小型太空船，因此需要三天左右的時間才能到達。既然在「修行星」上那樣刻苦努力過了，孤獨和宇宙旅行也必須習慣才行。

旅行用的小型圓盤UFO加速前進。終於宇宙開始搖擺，星星們彷彿在跳舞。

「唔，往銀河系的中心方向能看到的，重量是太陽一百倍的皮斯特魯星的方位是……」控制面板上顯示出了座標。

「走吧！小型UFO瞬間移動！」

差一點就要撞上大型行星，但UFO彷彿映照在凹凸鏡裡似的，一會兒伸長，一會兒縮小，變得軟趴趴的，直接穿過了行星。只不過這還稱不上是真正的瞬間移動。

「三倍速瞬間移動！」艾格妮絲提高嗓門。

反正，這個圓盤UFO是由艾格妮絲的念動力驅動的，既沒有燃料也沒有引擎，彷彿是一架在無重力狀態下飛行在大宇宙中的紙飛機。確定目的地之後，也只能用意念命令它「給我飛」。艾格妮絲的念動力已經達到能驅動小型圓盤UFO飛到地球上的水準。萬一遭遇最壞的情況，只能向梅塔多隆先生或者父神發送「SOS」。

艾格妮絲反覆在心中呼喚著梅塔多隆先生的名字。以心眼看到的梅塔多隆先生，既能變成山羊模樣的臉，也能變得像耶穌的臉。因為他原本就是耶穌的宇宙魂之一，絕不會對這個十字架之女置之不理的。

艾格妮絲快要筋疲力盡的時候，終於看到了一顆綠色的行星。

「那就是『英庫路德星』。」嚮導機器人說。

「氧氣濃度良好。海洋面積占六成，陸地面積占四成。陸地的大部分地區是草原，山岳地帶覆蓋著森林。『英庫路德星』的大小相當於地球的八成左右，居住著許多草食性動物，人型外星人也似乎達到了五億人以上。」嚮導機器人介紹著。

飛越了一片類似歐洲森林的地帶後，看到了草原上磚瓦房屋林立的城市。

城市的中心廣場上站著一名披著紅斗篷、穿著茶色靴子、身高近三公尺的羊臉人。

圓盤UFO著陸了，艾格妮絲從舷梯上走了下來。梅塔多隆有著大顆的黑曜石般的眼睛，腦後長了兩根反向旋彎的角。他的嘴宛如山羊，手則是人類的手。

他的身後站著兩名女性。後面的可能是夫人雅姆蘿絲。她長得有點像母親潘格爾。還有另一名年輕的女性，肯定就是賽姆蘿絲了。她長得很像頭髮稍長的艾格妮絲。

「女性是人類的身形嗎？」

艾格妮絲一開始就問了個失禮的問題。

「歡迎妳，艾格妮絲。我外出剛剛回來。我在家時也是人類的身形喔。」梅塔多隆說。

「我也好想念潘格爾啊。我們以前經常在一起工作呢。」雅姆蘿絲說。

「我現在正做著創作歌曲的工作。等一下我們好好聊聊吧。」賽姆蘿絲說。

不知為何，總覺得潘格爾、艾格妮絲、雅姆蘿絲、賽姆蘿絲四人長得很像。說不定四個熾天使就是指我們四個人。父親也真是的，是偷懶才讓我們長成相同的容貌嗎？

四人走了三分鐘左右，來到了一棟紅磚砌成的洋房。四、五個侍者機器人正忙前忙後。

梅塔多隆：「妳對『英庫路德星』印象如何？」

艾格妮絲：「雖然我沒有實際去過，但感覺這裡有點像德國。」

梅塔多隆：「其實原本必須像義大利的羅馬，但是森林、草原和磚砌的房子會讓人聯想起德國對吧？在『英庫路德星』上沒有像日本東京那樣的大城市。人口超過百萬的城市只有這裡一個，其他的城市都是五十萬人到七十萬人不等。艾格妮絲應該很累了吧？肚子也餓了吧？」

寬敞的客廳是原木風格，擺放著暗紅色的沙發、木製的桌椅，還有壁爐。中央懸掛著蠟燭吊燈，佈置看起來像是哲學家會喜歡的氣氛。

雅姆蘿絲：「附近有一座大教堂，我先生每個禮拜日都在那裡講道。」

艾格妮絲：「都講些什麼？」

雅姆蘿絲：「大多是關於愛與寬容的主題。跟地球上的基督教有些相似。」

賽姆蘿絲：「我也時常會去唱歌、彈琴。不過那裡另外有正式的唱詩班。」

侍者機器人端來了濃湯、外皮稍硬的長棍麵包和咖啡歐蕾。午餐時間到了。

「英庫路德星」上的探險即將展開。

艾格妮絲興奮的心情怎樣也克制不住。

（十六）

梅塔多隆的宅邸附近有一座比較大型的教堂。一般狀態下能容納一千多人，再加上二樓座位，可以容納近兩千名信徒。像一座建造於中世紀歐洲的教堂，差別在於，這座教堂是可以將現場實況傳送到「英庫路德星」的同步衛星轉播會場。此外，其他行星上的彌賽亞們的重要講演也常常轉播到這裡。因此，每當愛爾康大靈在地球上舉辦大型活動時，高空中總會出現許多UFO機群。會場上空的UFO會將講演內容轉播到母星上。

明明是這麼理所當然的宇宙的事實，但日本政府卻聲稱沒有任何一件關於ＵＦＯ的情報。一旦報告了ＵＦＯ的目擊情報，不管是航空自衛隊、ＪＡＬ還是ＡＮＡ，飛行員都會被調動到地面執勤，所以大家都保持沉默。在自衛隊，哪怕ＵＦＯ機群被雷達偵測到了也不會緊急起飛。當他們飛抵上空時，總是什麼也沒有看到，所以就算知道也不會緊急起飛。

對待ＵＦＯ情報如此消極落後，也是地球被判定不符合宇宙時代的理由之一。

既不承認人類靈魂的存在，也不承認ＵＦＯ，比三萬年前的日本還要落後，讓高達八十億人口生活在如此唯物論科學主義之下，地獄人口將發生爆炸式的增長。就算以艾格妮絲等眾人之力也無法拯救。因此，從宇宙的觀點上，與其加以修正，不如使其重新出發更具重大的意義。

週日梅塔多隆的講演主題是「地球滅亡的理由」，內容極具說服力。就算是公開過一百四十三件UFO情報的美利堅合眾國，時隔五十年的公開聽證會上，也只討論了其中一件情報的真實性，最終結論僅僅是承認了快速飛行物體的存在，也不管它到底是什麼。

由於俄羅斯、中國、北韓一直在研發極超音速導彈，恐怕現在的美國政府更傾向於相信那極可能是新型武器。美國在導彈技術上的落後是非常嚴重的事態，令國民產生恐慌情緒。儘管美國比原計劃提早一年半，在第三次成功試射了極超音速導彈，其飛行速度也不過「5馬赫以上」而已。一般來說，「5馬赫以上」，也就是超過音速五倍以上，被稱為極超音速（super sonic）。假如俄羅斯、中國、北韓真的已經擁有「8馬赫」、「10馬赫」、「20馬赫」導彈的話，是不可能攔截下來的。一般的導彈是在「2馬赫」、「3馬赫」左右，可以擊落戰鬥機、轟炸機和客機。但是ICBM的話，發射出去後會先飛出宇宙空間，畫出一條像是山峰的飛行軌跡，假如無法在它飛抵山頂位置的時候加以攔截，就無法命中了。

據說中國、北韓等國擁有的低空「之」字型飛行的導彈以及普通的彈道導彈，只要飛行速度達到「8馬赫」甚至「10馬赫」以上，那麼「新型愛國者三型飛彈」也好，「宙斯盾」也好，都根本無能為力。

所以，美國空軍懷疑俄羅斯、中國和北韓共享外星人科技也理所當然。

雷達偵測到的UFO影像確實是以極超音速移動的物體，不管它是地球人的，還是外星人的，都十分危險。

一般來說，宇宙聯盟的UFO連「20馬赫」的導彈也能打下來，但若是沒有樹立地球規模的正義，宇宙聯盟不能隨便出手。雖然需要事先得到愛爾康大靈的一般性許可，但地球人的信仰心「像紙一樣薄」，他們關心的只有現世的生存和享樂。而且他們不了解神心，於是禮拜的對象變成了得票率、收視率之「媒體民主主義」，取代了「神的正義」。

保護貧困者和弱勢群體，有時包含在神所講述的正義裡。

但是，神心並非是結果平等，而是更重視機會平等，將那些依靠自身力量努力的人當成惡人去懲罰和榨取並非是神心。神有著名為「公平」的判斷標準。

此外，只要人類不信神佛、不相信天堂地獄、分不清利他的本質，就無法判定什麼才是「正確的戰爭」。

還有，單純的同情心並不是愛。將地上世界視為「靈魂的學校」所領悟出的「同情心」，和根據因果法則，去審視此人因為自身的不信仰、不道德、犯罪而導致靈魂的墮落，兩者的意義是不同的。

梅塔多隆以地球為例，將這方面的根本的教義向聽眾們進行了宣講。

然而，他在教會附近，還為可憐的孩子們開設了學校以及醫院，並且培養出眾多侍奉神的聖職人員。他的內心十分複雜。

（十七）

回到宅邸後，梅塔多隆向艾格妮絲講授了「愛」的重要性。內心罪惡之人的愛，必然伴隨著私利與貪欲，隱藏著偽善。是否為了貪圖他人的稱讚、是否帶著名譽心、是否忘記了追求正義之心和公私分明之心。我們總是被測試著我們的「愛」是不是真正的愛。

雅姆蘿絲插話：

「我個人而言，『寬容之愛』最讓我動容。但同時也不能因此讓惡趁機滋長，掌握好分寸是很不容易的。」

賽姆蘿絲也開口說：

「我認為愛是讓他人喜樂和幸福。可是自我犧牲的精神能達到何種程度也是個難題。和大家一起相處融洽固然很美好，但真的能做到寬恕對方的罪，為了捍衛信仰被釘上『十字架』而捨棄自己的性命嗎？我太年輕了，還是會不安。艾格妮絲是怎麼想的？」

艾格妮絲感覺這個星球上的人們都像哲學家一樣。

艾格妮絲：「我在地球上曾因性犯罪而痛苦過，多虧覺醒於信仰才得以得救。那時，我雖然擁有超能力，卻依然無法保護好自己的生命，在世間死過一次。是主神的話語讓我重新獲得了世間的生命。但我覺悟到，失去信仰，浸染在唯物論裡，被惡魔玩弄於股掌間的人們口中的『繁榮』是通向地獄之路。我最終沒能審判人類的善惡，無法延續地球第七文明。我意識到了自己的能力不足，現在正跟宇宙的彌賽亞們重新學習。」

梅塔多隆：「在愛與正義之間痛苦，是身為指導者避不掉的關卡。妳正在準備向一場大戰發起挑戰。那就是與暗黑宇宙的邪神的戰鬥。父神把那個課題交給妳，應該是要考驗妳是否可以成為彌賽亞。我希望妳能在這個星球上學到『用愛的力量戰勝惡』。」

講述這番話的梅塔多隆，模樣宛如神聖的金髮的耶穌。

艾格妮絲：「我的胸前有一個十字架形狀的聖痕，這是不是意味著要我學習耶穌的殉教精神？」

梅塔多隆：「妳已經在R．A．高爾導師那裡學到熾天使的技能了吧。妳自身的人生信念將對後世的人們發揮引導作用。宇宙時代的『十字架』與猶太人的『各各他之丘』上的耶穌的『十字架』並不一樣。但妳必須把妳的人生信念作為流傳後世的史詩，留給宇宙的人們。或許，妳將面對一場有可能失去性命的大戰。到時候，妳要將我所宣講的『愛之心』視如龜甲，去守護妳自己的生命。要向人們證明，在這宇宙當中『希望之光』是存在的。儘管這個宇宙的七、八成是由暗黑物質構成的，但妳要去證明，光明比黑暗更加強大。要去糾正暗黑宇宙邪神們的傲慢。」

艾格妮絲徹底明白了，這個星球是以學習心的教義為中心。因為「知識就是力量」。

不過凡事都要體驗一下。艾格妮絲請同輩的賽姆蘿絲帶她有目標性的參觀了這顆「英庫路德星」。

不如母星「Ｍｏｔｈｅｒ」的豐饒，也不像Ｒ·Ａ·高爾的修行星環境那麼嚴酷。這裡的修行似乎是在適度的豐饒中學習真理、運用話語的力量讓人們修正自身為主。人們每週工作五天，週六、週日擔任義工或者舉行音樂節等活動。

平日賽姆蘿絲學習文學和音樂，並把新的詩和樂曲送給宇宙各處的人們。偶爾，梅塔多隆導師會帶她到其他星球上做研究，有時候還會跟企圖侵略地球的惡質外星人們戰鬥。艾格妮絲請賽姆蘿絲教她如何駕馭小型UFO，以及如何跟敵人戰鬥。

賽姆蘿絲跟艾格妮絲長得非常相像，簡直像雙胞胎。不過，身體能力還是對方更強。在位於人煙罕至的山岳地帶的演習場上，艾格妮絲向賽姆蘿絲學習了UFO的反轉技術、提高光線槍命中率的方法和導彈的使用方法。之後，她還學會了如何從敵人手中逃脫這一必學技能，以及將整架UFO一起瞬間移動的方法、UFO損壞時自己獨自瞬移到安全地帶的方法等等。艾格妮絲還向賽姆蘿絲請教了當對方企圖控制自己的意念時，如何使用意念反彈術。除此之外，如何識破昂宿座星人的美色妖術，以及面對織女座星人的變身術和魔法時，如何進入無心狀態來保護信仰心。

賽姆蘿絲經常使用踢拳道來鍛鍊身心，她建議艾格妮絲最好也學習適用於個人作戰的戰鬥技術。艾格妮絲想，自己是不是該向父親大人學習劍術。

變得更加強韌的艾格妮絲回到了主和潘格爾的身邊。

父神問她「學到了些什麼」，艾格妮絲回答：

「我明白了學習的重要性和鍛鍊的重要性。為了向人們宣講教義而學習佛法真理很重要，時刻秉持可成為榜樣的生活態度也很重要。並且我還明白了為增強精神能量，有必要進行肉體上的鍛鍊。」

「父親，教我劍術吧。」艾格妮絲說。

父親在離家不遠處為她改建了一間道場。

起初先從空揮木刀、竹刀開始。父親曾說過，做為使劍者，若是上身前傾、屁股後翹的姿勢，就是空揮練得不夠，無法正座則是在學習劍術之前要解決的問題。母親也常當她的練習揮劍的對手。一個月之後，艾格妮絲開始使用電影《星際大戰》裡出現過的「光劍」進行真劍練習。

艾格妮絲感覺到，那個時刻即將來臨。

（十八）

作為一個擁有彌賽亞資格的人，該是向雅伊多隆求教的時候了。雅伊多隆的根據地原本在麥哲倫星雲。從日本看不到它，但在澳洲、紐西蘭等南半球的國家上，可以看到南極天空附近懸浮著兩個一大一小的銀河。大麥哲倫星雲與地球有十六萬光年的距離，是個不規則銀河。附近就看得到巨大的蜘蛛星雲。還有一個小麥哲倫星雲，與地球有二十萬光年的距離。

兩者都與父神的母星所在的仙女座銀河之「M31」相距二百三十萬光年之遠。相較之下，它們離地球比較近。

雅伊多隆出身於小麥哲倫星雲裡的雙子行星，「齊塔星」和「伊爾達星」中的「伊爾達星」。「齊塔星」和「伊爾達星」經歷了漫長的宇宙戰爭。原本這對雙子行星上的人都屬於爬蟲類型外星人裡的戰鬥種族，但是齊塔星人對宇宙有著壓倒性的強烈侵略性，不斷出沒於各個銀河，並消滅那些星球上的人類。只是沒想到，自從名為雅伊多隆的救世主降生在雙子行星的「伊爾達星」上後，齊塔星人開始戰敗，逃到了草食性外星人類居住的星球上去了。一部分齊塔星人也曾為了侵略而來到地球，結果敗給了雅伊多隆和主神，從而改變宗旨，變成了信仰型爬蟲類型外星人，最終成了地球人。

不過，雅伊多隆現在在火星基地上。敵方一名叫「阿里曼」的司令官被捕，雅伊多隆打算在訊問他的同時，以他作為誘餌，把總司令官坎達哈，以及背後黑幕引誘出來。為此，他故意讓敵方前來襲擊火星基地，這實在是個相當大膽的作戰計畫。

於是，首先，艾格妮絲再次來到火星基地上拜訪雅伊多隆司令官。旗艦「仙女座星系號」從仙女座銀河的「Mother星」出動的時候，就是真正的決戰時刻。因此，這一次艾格妮絲搭乘的是次主力戰艦「宇宙戰艦・三笠」。它全長二百五十公尺，不是圓盤型的，而是符合「大和」國的風格，像是地球大和戰艦更為靈巧的模樣。司令官由「科曼達Z」擔任，並且做好了實戰的應對準備。

就這樣，艾格妮絲和擔任戰艦「三笠」艦長的「科曼達Z」，以及其他五十架太空船一起抵達了火星基地。

根據雅伊多隆的調查書，敵將「坎達哈」感知到了「阿里曼」發出的微弱「ＳＯＳ」信號，推測他應在數日內對火星基地發動攻擊。

但是，雅伊多隆真正的目標在更遠的地方。他需要瞭解到底有沒有人在暗中操控暗黑宇宙勢力？他們真正的根據地在哪裡？以及，那個入口在哪裡？

有個詞叫「多元宇宙」，也被稱為「多重宇宙」。簡單來講，就是「平行宇宙」。也就是說，以地球等星球為據點的人類所居住的宇宙之外，還存在著「裏側宇宙」。在「裏側宇宙」裡生活著另一個自己，經歷著另一個進化的過程。據說，兩者之間可靠著幾個「洞」相連，可以相互往來於兩個世界。假如真是如此，那麼即使打擊了表側宇宙的敵方基地，位於裏側宇宙的真正的敵方戰力也依然存在。

而且，最近多元宇宙（多重宇宙）的支持者越來越多。在電影《奇異博士》的最新版中，提到了好幾個宇宙裡都居住著奇異博士。這看來像做惡夢，聽起來像吸毒成癮，但這種想法是存在的。靈界住著自己的靈魂兄弟姐妹、其他銀河住著自己的分身等觀點已眾所皆知。甚至有可能，裏側宇宙的存在，在地球等靈界裡，創造出地獄界的想法也是成立的。如此一來，善惡的標準就會顛覆，天堂和地獄可能會逆轉。

本書第二集（《小說 十字架の女②〈復活編〉》）中描述的地球第七文明的滅亡就是一個事實。超過半數的地球人靈淪為地獄人口，倘若救世主和大天使不努力抑制地獄人口的增長，不引導他們走向淨化，那麼表側宇宙的一部分也將一步步地被裏側宇宙所支配。住在其他星球上的人類型外星人畢竟數量較少，人口多達八十億的地球也作為靈魂修行的場所，可以說是一個相當巨大並且重要的地方。

如此想來，忘卻了對表側宇宙的神的信仰心，在相異的價值觀之下不斷增殖的地球人類，或許只有先使其滅亡這一條路可走。

在艾格妮絲的頭腦裡，多元宇宙的理論有點難，不過作為平行宇宙的裏側宇宙是存在的觀點，是比較接近自己的看法。

所以無論如何，她都想透過信仰並皈依主神教義的人們，來實現表側宇宙世界的統一。要麼把裏側宇宙的人們封印在「洞」的另一端，要不然就要徹底粉碎他們對表側宇宙的侵略。

艾格妮絲認為無論如何我們不能讓那些認為是惡魔的存在，被人們奉為新的神而受到崇拜。

希望宇宙成為信仰唯一神，讓擁有多元價值觀的人們可以共同生活在一起。艾格妮絲現在把意念集中到這件事上。

這時突然傳來情報，敵方編隊出現了，正朝向火星基地前進。恐怕敵方的目的是要搶回戰場老將阿里曼。既然如此，那麼除了基地外的宇宙攻防戰，還會有人入侵到火星基地之內。外敵先交給雅伊多隆將軍，科曼達Z和艾格妮絲則必須提防敵軍侵入基地內部。阿里曼所在的隔離大樓位於曼哈頓型城市的前端部分。現在已經進入特別警戒狀態。基地的防衛屏障會被打破嗎？艾格妮絲的修行成果能顯現出來嗎？

戰爭一觸即發。

（十九）

火星上空出現了敵軍的大型編隊，數量恐怕多達五百架。這次，防守方的雅伊多隆艦隊僅有三百架左右，處於劣勢。不過，雅伊多隆司令官是故意讓敵方以為自己占了上風，從而產生輕敵心態。因此，他做好了發生一定程度戰爭損失的準備，給敵人佈下了天羅地網。

由小灰人駕駛的小型UFO對戰中，雙方的損傷各占一半。

敵軍主力應該是由「坎達哈」擔任司令官的戰艦「Death Strong」。雅伊多隆的UFO「God Fire號」直徑大約兩百公尺。同樣是戰艦，「Death Strong」可是一艘直徑長達五百公尺的巨大太空船，看著螢幕的艾格妮絲也不禁戰慄，擔心著：「沒有父親的『仙女座星系號』能打得贏嗎？」

站在右側的科曼達Z說：「這個基地本身就配備了高射砲和對空導彈，還有其他祕密兵器，當敵人以為勝利在望的時候就是逆轉之時。」

但是，儘管我方的三艘巡洋艦集中火力攻擊，也無法打破敵方戰艦「Death Strong」的防衛屏障。

除了「Death Strong」以外，它的旁邊還有兩艘三百公尺級別的導彈戰艦「My Turn號」，和電擊砲戰艦「Thunder Bolt號」，以防衛旗艦的兩側。我方的五十架三十公尺級別的驅逐艦接連發射出導彈，卻被「Thunder Bolt號」的網狀型電擊砲一一攔截下來。

接著，「My Turn號」發射導彈，我方驅逐艦朝四面八方逃去，但還是有近半數被導彈鎖定而擊落。

「已經無計可施了。」艾格妮絲說。

但，雅伊多隆的「God Fire號」的前端伸出兩座砲門，發射出水藍色的光線。

水藍色光線朝「Thunder Bolt號」射去。

結果，「Thunder Bolt號」剛被水藍色光線射中，UFO表面的金屬就開始結冰。

「啊，這樣一來電擊砲就不管用了。」艾格妮絲細聲說。

正是如此，從雅伊多隆戰艦射出的車輪似的光圈命中了被冰封的「Thunder Bolt號」，使其斷成三截墜落下去，在火星表面發生了小規模的爆炸。

被激怒的敵方導彈戰艦向雅伊多隆戰艦射出兩枚核導彈。雅伊多隆戰艦一個反轉，開始急速上升。兩枚核導彈緊追在後。在高度約五千公尺的地方，雅伊多隆戰艦暫時靜止，並關閉所有電源讓戰艦開始自然墜落。敵方戰艦「My Turn號」大吃一驚，因為他們就在雅伊多隆的「God Fire號」的正下方。自動導引導彈會追蹤敵機熱源，所以當雅伊多隆戰艦切斷電源開始自然墜落時，核導彈越過雅伊多隆戰艦，即將命中「My Turn號」。

雅伊多隆司令官自言自語著：「It's my turn。」他的意思應該是「輪到我們反擊了」。敵方艦長在情急之下做出了最不應該做的舉動。他以最快速度開始朝橫向逃跑。可惜，導彈的速度比戰艦更快。

他使出最後一招，企圖用瞬間移動讓「My Turn號」逃走。然而瞬間移動需要一分鐘的準備時間。兩枚以高性能自豪的導彈命中了「My Turn號」。彷彿是一顆巨大的煙火在火星上空炸裂，第二架戰艦被擊毀了。

接著就是敵方旗艦「Death Strong」與雅伊多隆戰艦的一對一對決了。

「雅伊多隆先生真是驍勇善戰啊！」艾格妮絲感到安心地說。

但就在此時，基地內部響起了警報。

「敵方入侵！敵方入侵！」的播報聲傳來。

「果然還是來了。」科曼達Z喃喃道。

「他們是來奪回阿里曼的吧。火星上空的戰鬥應該算是一種佯攻作戰。」

艾格妮絲問：「什麼是佯攻作戰？」

科曼達Z回答道：「就是把敵人的目光吸引到別處，進而攻擊核心目標。」

二人搭乘宇宙戰艦「三笠」。

看來，有五輛鼴鼠型戰車突破了位於地底的火星基地的天井，入侵進來。當然，他們的目標就是位於曼哈頓前端裡，看押阿里曼的大樓。

三十架小型UFO出動，上前迎戰前端裝有鑽頭，配載了折疊型翅膀的鼴鼠型戰車。但就在UFO與戰車交戰時，像忍者般的外星人們乘降落傘，降落在各個建築物的屋頂和路面上。

那麼，該如何戰鬥？宇宙戰艦「三笠」在曼哈頓前端部的上空待命著。

幾乎所有鼴鼠型戰車都被小型UFO的光束收拾殆盡，然而忍者般的外星人卻已化身成火星人的姿態，很難從戰艦攻擊他們。

艾格妮絲和科曼達Z，以及其他十名戰鬥人員，悄悄降落在看押阿里曼的大樓附近。接下來將是光線槍與光劍的肉搏戰。考驗修行成果的時刻到了。

艾格妮絲身穿戰鬥服，腰部右側帶著光線槍，左側則攜帶光劍。

敵方從對面建築物以光線槍射擊，從左側建築物則以肩射式火箭筒開火，看押大樓的部分牆壁被破壞了。

首次肉搏戰能獲得勝利嗎？與R·A·高爾導師和R·A·One一起修行的日子浮上心頭。

「啊，我想活下來，再見到R·A·One一次。」

這就是艾格妮絲的心聲。

（二十）

艾格妮絲試著用光劍與三個宇宙忍者戰鬥。交鋒第一刀瞬間出刀，手勁十足。艾格妮絲奔上前，衝向第二個敵人使出斜刀砍，從敵方右肩向下斜砍，斬殺敵人，有效地發揮出在自家道場的練習成果。

第三個敵人從二樓陽臺跳了下來，艾格妮絲一個迴轉使出一招拔擊，緊接著從後方斜砍下去。

另一邊，科曼達Z正與身穿灰色制服的魁梧男子對峙著。就算用光線槍朝男子射擊，都會被反彈回來。對方從兩手的十根手指射出黑色毒針，科曼達Z的制服被劃開了幾道裂痕，他面對的敵人相當棘手。科曼達Z脫下黑色制服，變身成光芒萬丈的海爾梅斯神姿態。巨大的白色翅膀上下揮舞，腳下的海爾梅斯之鞋開啟加速模式。左手所持的凱羅凱恩之杖閃耀著金色的光輝。

然而，對方也變身了。他脫下三公尺左右的灰色制服，變身為巨大的翼龍。全身長達十五公尺，他可能屬於相對於「天琴座」織女星的牛郎星系爬蟲類型外星人。看來應該是不肯變成信仰型爬蟲類型外星人，而頑固抵抗的種族頭目之一。

二人在空中展開對決了一陣子。只是，終究凱羅凱恩之杖發射出的雷電之力更勝一籌，劈裂了翼龍的翅膀。儘管如此，翼龍的口中仍接連發射出七、八公尺的火焰。

海爾梅斯神說著「原來你不知道我是神啊！」並從右手掌心發射出

強勁的光線，翼龍變得焦黑，全身被煙霧纏繞著墜落下去。

與此同時，艾格妮絲也在迎戰下一個強敵。起初以為對方是個女性戰士，結果卻開始變身成巨大的章魚型外星人，長了八隻腳，全長超過十公尺。

梅塔多隆的妻子雅姆蘿絲的聲音在心中響起：

「艾格妮絲，對方是專門對付熾天使的士兵，要多加小心。不過，那個章魚型是為了打倒我而設計出來的，妳應該有加以對付的新武器。」

光線槍起不了作用。無論用光劍把章魚腳砍斷多少次，都會重新長出新的。

「喂，這樣的話就把你做成章魚燒，給火星上的一萬名士兵吃。」

艾格妮絲也加把勁起來。但是，大章魚觸手上的吸盤把她吸住並纏繞著，光劍不小心脫手了。

「梅塔多隆先生教過我，讓愛心變成龜甲來保護自己。如果藏身到海龜的龜甲裡面，那麼無論章魚怎麼勒緊也打不贏我的。」

於是，艾格妮絲在心中祈願變成海龜，頭和手腳也都縮了進去。龜甲開始旋轉，切斷了章魚的腳。最後，擁有四片翅膀的熾天使現身，製造出火焰旋渦。大章魚變成了烤章魚，墜落下去。

還剩下幾個敵人。火星的士兵們占了上風。

就在此時，突然響起了轟鳴聲。其中一個人工太陽被撞飛，天井被打破，敵方戰艦「Death Strong」出現在火星城市的上空。

敵方戰艦出現的前一刻，它急速下墜，瞄準雅伊多隆的「God

Fire號」使出了神風特攻。雅伊多隆戰艦變成縱向旋轉的UFO，左右啪地裂成兩段，避開了「Death Strong」的一記猛攻。但是，敵方戰艦完全不理睬雅伊多隆戰艦，一邊從主砲發射出光線砲和導彈，一邊突破了火星地表的透明巨蛋，並順勢地突擊了地下城市。當「Death Strong」的巨大艦體突破了防衛線，出現在紐約型城市上空的時候，不少人們被嚇得倉皇而逃。不斷冒著兩股黑煙的戰艦，朝曼哈頓的前端部分駛去。

只是出乎敵方意料的是，宇宙戰艦「三笠」就等在那裡。副艦長庫羅派特金一聲令下，「三笠」的三門主砲同時開火，三發鑽頭型旋轉彈命中了「Death Strong」。砲彈一邊旋轉，一邊在「Death Strong」的艦身上炸開洞進入，在內部爆炸。敵方戰艦被炸得四十五度傾斜，並開始燃起大火。戰艦就這麼墜落下去，撞上了矗立在火星地下城市的One World、Two World兩棟雙子星大樓，愛爾康大靈回憶中的紀念大樓遭摧毀了。敵方戰艦被埋在瓦礫下，艦艇內部仍不斷發生小規模的爆炸。

但令人震驚的是，敵方總司令官坎達哈已經用瞬間移動，侵入了位在砲臺公園的阿里曼看押大樓。坎達哈是長了兩顆頭的暴龍型外星人。可以把他想像成長了兩顆頭的哥吉拉。兩顆頭上分別有兩隻眼睛，從眼睛裡射出的破壞光線擊倒了警衛們，建築物上被打穿出大洞，他從那裡衝進阿里曼的房間。

這時，原本應淹沒在火海中的「Death Strong」裡面，分離出一艘直徑五十公尺左右的中型UFO，從倒塌的雙子星大樓下面飛到了空中。

坎達哈救出阿里曼後，瞬移到了中型船「Death Match號」上。旗艦的司令塔部分變成了另一架UFO，看來是為了巨艦遭到毀壞時逃生準備的。「Death Match號」急速升空，從地下城市天井的洞飛了出去。

海爾梅斯神變回了「科曼達Z」的模樣來到「三笠」，艾格妮絲也隨之登上戰艦。他們向「Death Match號」追擊而去。

雅伊多隆的「God Fire號」正在上空等待時機。雅伊多隆從後方發射四枚導彈，追擊敵人的科曼達Z也從下方射出四枚導彈。此時的「Death Match號」好比風中殘燭。

然而，從兩個方向發射的各四枚導彈撞在一起爆炸開來，坎達哈和阿里曼乘坐的圓盤ＵＦＯ徹底消失了。

「果然瞬間移動逃走了啊。」雅伊多隆冷靜地笑了出來。

（二十一）

雅伊多隆用宇宙雷達監控整個太陽系。敵人畢竟也遭受了相當程度的受損，五十公尺級別的中型戰艦的話，就算瞬移也應該逃不遠。

「找到了！」雅伊多隆不禁小聲地喊了起來。土星附近出現了一個光點，應該就是「Death Match號」。雅伊多隆與「三笠」互相聯繫後，從火星上空短距離瞬移到土星上空。土星有大大小小的六十四顆衛星，大部分是小型冰行星，亮度八級的「泰坦」明顯大得多，是個直徑三百五十公里的橢圓形，同時也是個神祕的海綿狀衛星「海柏利昂」。「泰坦」的表面與火星相似，或許通往暗黑宇宙的通道就是「海柏利昂」。

「God Fire號」和「三笠」兩艘戰艦瞬移到土星附近。敵人還不知道自己被追蹤了。他們切換到隱形模式，向土星的衛星「海柏利昂」靠近。

在這個海綿般奇妙的星球上有數個大型孔洞。敵人飛進了其中一個孔洞裡。

「沒錯。這裡就是通往平行宇宙的隧道。」雅伊多隆和科曼達Z、艾格妮絲等人進入到「海柏利昂」上的一個直徑兩公里左右，令人毛骨悚然的孔洞裡。

孔洞中當然是伸手不見五指，且如同鳴門渦潮般迴旋著。「God Fire號」和「三笠」被漩渦捲得激烈翻飛，船體發出嘰嘰嘰的刺耳可怖的聲響，在漩渦中推進了五分鐘以上。

終於從孔洞裡出來的兩艘戰艦，發現「Death Match號」從眼前瞬間閃過。

然而，那並非結束。三艘戰艦都在強大的磁力下朝某個方向吸引過去。科曼達Z喊道：「是黑洞！」據說，太陽的壽命終結時會變成黑洞，由於質量巨大，光也無法照射出來。實際上從沒聽過有人被吸入黑洞之後還能生還。雅伊多隆知道，他們即將被處女座的闊邊帽銀河「M104」的中心部的黑洞吞噬。所有人陷入失神狀態不知道過了多久。等再清醒過來的時候，太空船已經重新懸浮在宇宙空間裡了。

雅伊多隆對那幅景色有印象。這裡是小麥哲倫星雲。眼前出現了雙子行星，那是「齊塔星」和「伊爾達星」。是回到故鄉了嗎？可是總感覺有些異樣。一支龐大的艦隊正從泛紅的星球「齊塔星」出發，向「伊爾達星」襲擊而去，「DeathMatch號」混進了那支艦隊裡面。

科曼達Z聯絡雅伊多隆，問道：「這個伊爾達星是你的星球嗎？」星球是相同的，但這裡的綠蔭更濃。

「齊塔星」的龐大艦隊向「伊爾達星」發動了核攻擊。「伊爾達星」的各個城市陷入了火海。

「這是發生在三十年前的第三次世界大戰。『伊爾達星』被逼到差一點就淪為殖民地的境地。只不過我出現以後……」雅伊多隆說到這裡就不出聲了。難道說，坎達哈和阿里曼從過去的「齊塔星」透過黑洞，出沒在三十年後的太陽系嗎？

再過不久，從「伊爾達星」上首次上陣的雅伊多隆將軍，將會把敵人打得落花流水。原本在三十年前就應該被消滅的兩名敵將，透過時間瞬移，去攻擊地球和火星了嗎？說起來，「伊爾達星」上的三十年換算成地球時間的話，應該長達數千年，甚至更加久遠。穿越那個光也能吞噬的質量超級巨大的黑洞之後，時間就變得不明確了。宇宙的歷史並非朝著直線推進。

不一會兒，過去的雅伊多隆將軍的「God's Not Dead號」登場，重創了以爬蟲類型外星人為中心的齊塔星人們。

「原來如此。這些齊塔星人們出現在古代的地球上，敗給了創造神阿爾法，成了信仰型爬蟲類型外星人的一部分。坎達哈和阿里曼侵略其他行星之後，又去了地球。」科曼達Z說。

艾格妮絲問道：「那，宇宙的歷史是不能改變的嗎？如果在這裡把他們消滅的話，地球不就安全了？」

但除了愛爾康大靈之外，沒有人能回答這個問題。消滅了惡魔的根源，也會連帶改寫地球第七文明以前的歷史。

父神的「仙女座星系號」突然出現在宇宙空間裡。「艾格妮絲們啊，這次的使命到這裡就可以了。讓宇宙在善惡二元中競爭，讓人類棄惡從善、獲得智慧的人是我。並且，只要宇宙在進化，善惡之戰就不會結束。但是，我在此過程中培養出了眾多救世主和大天使們。一起回來吧！」

說著，「仙女座星系號」在「God Fire號」和「三笠」的伴隨下，透過時間瞬移，回到了三十年後的仙女座銀河的行星「Mother」上。

很久沒有全員一起回來了，潘格爾特別開心。R·A·高爾和R·A·One也被邀請到行星「Mother」上的「大和」國的家裡。

R·A·One說：「『草莓大福』真好吃啊，我也想做做看。」

雅伊多隆因敵人逃脫而感到懊悔。

梅塔多隆安慰：「有時候，饒恕敵人也是一種愛。因為這豐富了我們的閱歷啊！」

長得像女演員吉高由里子的雅姆蘿絲對科曼達Z和艾格妮絲，慰勞說：「肯定自己曾積極地面對戰鬥也很重要喔。」

賽姆蘿絲問：「艾格妮絲還要去地球開創第八文明對嗎？」

艾格妮絲：「是有這個打算，不過，我可能勝任不了女神的角色。」說完，她站起身來，「啊！我要給地球上的朋友寫信。」並離開了座位。在另一個房間寫好信，讓信鴿型機器人帶著朝地球飛去。

（全文完）

（二十二）

R·A·One又到潘格爾這裡玩了。

他問：「姐姐呢？」潘格爾回答：「艾格妮絲說要去太陽系裡一個叫地球的地方開創新文明。」

「晚飯吃什麼？」

「知道嗎？這個是『馬鈴薯燉肉』，是一道用馬鈴薯、胡蘿蔔、洋蔥、小塊的人工肉和蒟蒻絲，加上醬油和糖燉煮的料理。」

「我被禁止殺生，可能無法吃牛肉。」R·A·One好失望。

潘格爾：「所以我說了今天用的是人工肉啊。人工肉是用大豆做的，所以這道料理既沒有牛肉也沒有豬肉。」

小朋友又問：「為什麼要做『馬鈴薯燉肉』呢？」

「這是因為啊，地球上有個叫日本的國家，跟俄羅斯的波羅的海艦隊打仗的時候，一個叫東鄉平八郎的偉人，用『完全比賽』讓日本大獲全勝，戰勝了俄羅斯。」

R·A·One：「什麼叫完全比賽？」

潘格爾：「是指日本的東鄉平八郎司令長官，運用『T字戰法』把號稱世界第一的波羅的海艦隊打得落花流水。」

R·A·One：「看來東鄉先生是個像雅伊多隆先生一樣強大的人。」

潘格爾：「對啊，正是如此。他讓國力比日本強十倍的俄羅斯成了手下敗將呢。」

R．A．One：「是因為吃了馬鈴薯燉肉才那麼強大的嗎？」

潘格爾：「據說，東鄉先生年輕的時候曾在英國留學了五年之久，回到日本以後，他研發出了『馬鈴薯燉肉』這道料理。因此我想讓你也嚐嚐。」

「我要給艾格妮絲姐姐做馬鈴薯燉肉。」

「哈哈。在那之前，得先把當種子用的馬鈴薯送去新地球才行。姐姐去的新穆大陸上，可能還沒有馬鈴薯呢。」

「我一定能送去。」R．A．One信心滿滿地說。

地球上的這片新穆大陸終於開始草木萌生了。漁業相對簡單一些，農業要拓荒墾地，需要時間和體力。

儘管如此，從各國匯聚到這裡的人們，決心各自透過自身的努力，來開創嶄新的文明，大家展現出十足的幹勁。

警視廳搜查一課的前主任山根直之和公安部前主任風見遙，挖土蓋了一座小小的梯形金字塔。長十公尺，高十五公尺左右，疊好石頭臺階後，頗像是希臘風格。

山根：「按照艾格妮絲的信，很快她就會降臨到地球這片新穆大陸了。」

風見：「是啊，馬上就一個月了。」

山根：「她要是變成了一千歲的老婆婆，作為神明，應該是很有魄力吧。」

風見：「你果然是個笨蛋啊！用我這個東大畢業生的頭腦來計算，

艾格妮絲的年齡應該一點也沒變。」

山根：「怎麼計算的？」

風見：「用感覺算出來的。」

二人認為艾格妮絲會像天孫降臨般的現身，於是不當警官了，打算成為這個國家最初的神職人員。終於，迎來了七月七日的黃昏。

空中出現了一架巨大的大型UFO，散發著金色光芒的同時旋轉著，在山根他們建造的梯形金字塔上方靜止了。

UFO圓盤底盤的中心部分開啟，一個神聖的身影緩緩走了下來。

三百多個人靠過來圍觀。山根作為神職人員，風見作為巫女，等待新的神明從空中降臨。

「女神艾格妮絲降臨！」山根高聲喊道。

艾格妮絲肩披紅色斗篷，頭戴銀色頭飾，身上穿著白色蕾絲的衣服，緩緩地降臨到神的座位上。

風見大喊：「這就是女神艾格妮絲！」

幾個日本人輕聲說：「難道是『天照大神』？」

但是，艾格妮絲胸前有個鑽石製作成的十字架熠熠生輝。

「Ｏｈ，Ｊｅｓｕｓ！」來自英語國家的人們喊著。

「嗯，怎樣都可。」艾格妮絲說完，山根和風見笑著向她行禮。

女神降臨了。就算耶穌是女性，人們也不會有異議。

艾格妮絲抖擻精神。

就這樣，七夕之夜從此成了神降臨世間的紀念日。

艾格妮絲向人們發出了第一聲：「要愛你們的主神愛爾康大靈。」

這是一句包含著深刻感動的肺腑之言。

（完）

大川隆法描繪的小說世界．新感覺之靈性小說

《小說 十字架の女》是宗教家．大川隆法先生全新創作的系列小說。謎樣的連續殺人事件、混亂困惑的世界、嶄新的未來、以及那跨越遙遠時空——。

描繪一名「聖女」多舛的運命，新感覺之靈性小說。

小說 十字架の女①〈神祕編〉

8月出版！

神祕的連續殺人事件

與美麗的聖女

女子所背負的，

是「光」、

抑或「闇」——。

小說 十字架の女②〈復活編〉

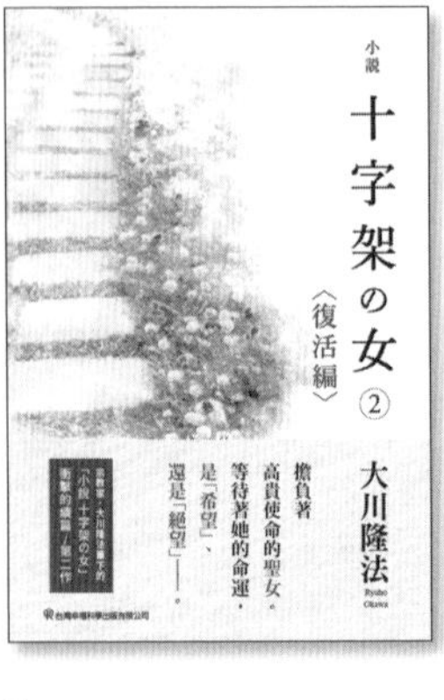

8月出版！

混亂迷惑的世界

祈禱與奇蹟

嶄新的未來

終結與起始

大川隆法暢銷作品．心與身的健康指南

咖啡時間

召喚幸福的27個智慧

本書彙集了「召喚幸福的27個智慧」。我試著彙編本書內容，讓讀者在閒暇之餘閱讀時，能夠獲得足以讓自己豁然開朗的啟示。本書當中有不少是女性們關心的主題，但無論是男女、年輕族群、疲憊的商務人士，也能從中獲得提示。

前言
Chapter 1　稍微放鬆一下心情
Chapter 2　為了獲得幸福的戀愛和結婚
Chapter 3　讓家庭更幸福美滿
Chapter 4　成為一個能喚來成功的人
Chapter 5　改善不和諧的人際關係
Chapter 6　從今天開始向前邁出一步
建立溫暖家庭的話語
後記

咖啡時間

定價360元

瞑想的極致

奇蹟的神祕體驗

「我認為人們要追求幸福，
瞑想雖非屬積極，
但可謂是重要的方法之一。」

第一章　瞑想的極致
第二章　「瞑想的極致」講義
第三章　「瞑想的極致」之提問與解答
第四章　「幸福瞑想法」講義
第五章　「幸福瞑想法」之提問與解答

瞑想的極致

定價380元

◆◆◆ 大川隆法「法系列」‧**最新作品** ◆◆◆

彌賽亞之法

從「愛」開始 以「愛」結束

定價380元

彌賽亞之法

法系列 第28卷

「打從這世界的起始，到這世界的結束，與你們同在的存在，那就是愛爾康大靈。」揭示現代彌賽亞，真正的「善惡價值觀」與「真實的愛」。

第一章　埃洛希姆的本心——區分善惡的地球神之教義
第二章　現今彌賽亞應說之事、應做之事——給處於人類史的轉換點之地球的指針
第三章　彌賽亞的教義——改變為依據「神的話語」之價值觀的戰役
第四章　地球之心——為人類帶來靈性覺醒的「香巴拉」
第五章　彌賽亞之愛——在靈魂修行之地「地球」的愛的應有之姿

◆◆◆ 大川隆法「法系列」◆◆◆

太陽之法

邁向愛爾康大靈之路

法系列
第1卷

定價400元

基本三法的第一本

本書明快地述說了創世紀、愛的階段、覺悟的進程、文明的流轉，並揭示了主・愛爾康大靈的真實使命，同時也是佛法真理的基本書。《太陽之法》目前已有23種語言的版本，更是全球累計銷售突破1000萬本的暢銷作品。

大川隆法作品 · 最新作品

現代武士道

從平凡出發

正是在這不安、混亂的時代，就越是要以超越私利私欲的勇氣之姿迎戰。
本書清楚究明淵源流長的武士道，並訴說不分東西，自古延續至今的武士道精神——貫徹「真劍勝負」、「一日一生」、「誠」的精神。

第一章　武士道的根本—武士道的源流
第二章　現代武士道
第三章　現代武士道 回答提問

定價380元

現代武士道

天御祖神的降臨

記載在古代文獻《秀真政傳紀》中的創造神

三萬年前，日本文明早已存在——？！
回溯日本民族之起始，超越歷史定論，究明日本的根源、神道的祕密，以及與宇宙的關係。揭開失落的日本超古代史的「究極之謎」！

PART Ⅰ　天御祖神的降臨 古代文獻《秀真政傳紀》記載之創造神
第1章　天御祖神是何種存在
第2章　探索日本文明的起源 天御祖神的降臨
PART Ⅱ《天御祖神的降臨》講義
第1章　《天御祖神的降臨》講義 —日本文明的起源為何？—
第2章　提問與回答 —探索日本與宇宙的祕密—

定價380元

天御祖神的降臨

重生

從平凡出發

祈念本書能成為——追求覺悟之青年、後進的年輕世代，其人生的指標！
本書以半自傳方式回顧大川隆法先生的學習經歷，並闡明自身想法的淵源，以及描述創建「幸福科學」的歷程，以進一步將真理弘揚世界各地。書中，超越時空的智慧將給予讀者無限啟發，並協助讀者們找尋自身的人生使命。

第一章　從平凡出發
第二章　獨立的精神
第三章　多樣的價值觀
第四章　未知的佛神
第五章　存在與時間
第六章　達到非凡的愛的高度
第七章　信仰的勝利

定價380元

重生

以愛跨越憎恨

推動中國民主化之
日本與台灣的使命

這不僅是一本精闢剖析共產主義、極權主義的現代政治啟蒙書，更是為了遏止第三次世界大戰在亞太地區爆發，身為亞洲人必讀的一本書！

第一章　以愛跨越憎恨
第二章　「人類的幸福」與「國家」
　　　　—提問與回答—
第三章　「自由、民主、信仰」將拯救世
　　　　界—「毛澤東的靈言」講義—
第四章　答覆加拿大民運人士的提問

定價350元

以愛跨越憎恨

佛陀再誕

留給緣生弟子們的訊息

定價420元

佛陀再誕

優曇花三千年僅綻放一次，同一時代只有一位佛陀降臨世間。是時候了！齊聚於再誕的佛陀身旁，聆聽佛陀的金口直言，拯救現代的社會！這是佛陀再臨，給予摯愛的弟子們的話語。用詞簡單、詩句形式包含智慧話語。翻閱本書，靈魂將不再飢渴，也將喚醒你選擇於與佛陀同一時代生而為人的原由。聆聽永恆導師的話語，喚醒你的使命！

不動心

跨越人生苦難的方法

定價360元

不動心

這是一本教導人們如何獲得真正的自信、構築偉大人格的指引書。積蓄的原理、與苦惱的對決法等，訴說著讓人生得著安定感的體悟心語。

真正的驅魔師

真正的驅魔師

為了保護自己遠離惡靈或惡魔，從面對惡靈的基礎對策到驅魔的祕密儀式，你該知之事、當為之事。

第一篇　現代的驅魔師
第二篇　真正的驅魔師
第1章　靈障對策的基本——從基礎知識到實踐方法——
第2章　真正的驅魔師——打敗惡魔的終極力量——
第3章　作為宗教的專業驅魔師——「真正的驅魔師」的問與答——

定價380元

惡魔討厭的事

惡魔討厭的事

為了守護自己與心愛之人免於惡魔影響！擺脫那些想要動搖、迷惑正直人們的存在，本書闡明其真相、手段，並提出克服的方法。

第1章　惡魔討厭的事
第2章　怨靈的產生
第3章　惡魔的真面目與看破之法

定價360元

永恆生命的世界

死亡後的真實樣貌

永恆生命的世界

死亡並非是永遠的別離，
死亡是人結束了地上界的旅程，
回到本來的世界……

第一章　死亡之下，人人平等
第二章　人死之後，靈魂何去何從？
（提問與回答）
第三章　腦死與器官移植的問題點
第四章　供養祖先的靈性真相
第五章　永恆生命的世界

定價380元

靈界散步

步向光彩絢麗的新世界

靈界散步

人的一生，都將面對終末之時，當靈魂離開肉體之際，即將展開的是，前往靈界的旅程……

第一章　靈界的啟程
第二章　死後的生活
第三章　不可思議的靈界
（質疑之問與答）
第四章　最新靈界情況

定價380元

大川隆法暢銷作品 · 心的健康指南

I'm Fine!

清爽活出真實自己的七個步驟

不要猜忌他人，不要疑慮重重，不要活在深深的自卑感，或者感傷悲苦的情緒當中，應該要開朗、樸實、單純。即使遭遇了背叛、遇見了騙子，也要泰然自若地說：「那點小事，何足掛齒。」
此刻，開始過著沒有罣礙的清爽生活！

STEP 1　更簡單、更清爽
STEP 2　即使失敗了也不要厭惡自己
STEP 3　如何建立不易崩潰的自信
STEP 4　做一個不屈不撓的人
STEP 5　有影響力的人須留意之事
STEP 6　前進的勇氣
STEP 7　改變自己而發光的人與隨波逐流的人

定價380元

I'm Fine!

How About You?

招喚幸福而來的愛

越是愛，就會變得越執著。
越是愛，獨占欲就會更加萌發。自己所愛之人，如果對自己以外的人示好，那麼忌妒心就會被激發。正因為有愛，才會想要獨占，才會產生嫉妒！但是，如果你充滿了嫉妒，現在的你就不快樂。

Part 1　你受過愛的愚弄嗎？
Part 2　你的愛是真的嗎？
Part 3　你的心清爽嗎？

定價380元

How About You?

HAPPY SCIENCE

幸福科學集團介紹

幸福科學透過宗教、教育、政治、出版等活動，以實現地球烏托邦為目標。

幸福科學

一九八六年立宗。信仰的對象為地球靈團至高神「愛爾康大靈」。幸福科學信徒廣布於全世界一百多個國家，為實現「拯救全人類」之尊貴使命，實踐著「愛」、「覺悟」、「建設烏托邦」之教義，奮力傳道。

愛

幸福科學所稱之「愛」是指「施愛」。這與佛教的慈悲、佈施的精神相同。信眾透過傳遞佛法真理，為了讓更多的人們能度過幸福人生，努力推動著各種傳道活動。

覺悟

所謂「覺悟」，即是知道自己是佛子。藉由學習佛法真理、精神統一、磨練己心，在獲得智慧解決煩惱的同時，以達到天使、菩薩的境界為目標，齊備能拯救更多人們的力量。

建設烏托邦

我們人類帶著於世間建設理想世界之尊貴使命，而轉生於世間。為了止惡揚善，信眾積極參與著各種弘法活動。

入會介紹

在幸福科學當中，以大川隆法總裁所述說之佛法真理為基礎，學習並實踐著「如何才能變得幸福、如何才能讓他人幸福」。

入會

想試著學習佛法真理的朋友

若是相信並想要學習大川隆法總裁的教義之人，皆可成為幸福科學的會員。入會者可領受《入會版「正心法語」》。

三皈依誓願

想要加深信仰的朋友

想要做為佛弟子加深信仰之人，可在幸福科學各地支部接受皈依佛、法、僧三寶之「三皈依誓願儀式」。三皈依誓願者可領受《佛説・正心法語》、《祈願文①》、《祈願文②》、《向愛爾康大靈的祈禱》。

幸福科學於各地支部、據點每週皆舉行各種法話學習會、佛法真理講座、經典讀書會等活動，歡迎各地朋友前來參加，亦歡迎前來心靈諮詢。

台北支部精舍
台北市松山區敦化北路 155 巷 89 號

幸福科學台灣代表處
台北市松山區敦化北路 155 巷 89 號
02-2719-9377
taiwan@happy-science.org
FB：幸福科學台灣

幸福科學馬來西亞代表處
No 22A, Block 2, Jalil Link Jalan Jalil Jaya 2,
Bukit Jalil 57000, Kuala Lumpur, Malaysia
+60-3-8998-7877
malaysia@happy-science.org
FB：Happy Science Malaysia

幸福科學新加坡代表處
434 Race Course Road #01-01
Singapore 218680
+65-6837-0777
singapore@happy-science.org
FB：Happy Science Singapore

小說　十字架の女③〈宇宙編〉

小說　十字架の女③〈宇宙編〉

作　　者／大川隆法
翻　　譯／幸福科學經典翻譯小組
封面設計／Lee
內文設計／顏麟驊

出版發行／台灣幸福科學出版有限公司
104-029 台北市中山區中山北路三段 49 號 7 樓之 4
電話／ 02-2586-3390　傳真／ 02-2595-4250
信箱／ info@irhpress.tw
法律顧問／第一法律事務所　余淑杏律師

總 經 銷／旭昇圖書有限公司
235-026 新北市中和區中山路二段 352 號 2 樓
電話／ 02-2245-1480　傳真／ 02-2245-1479

幸福科學華語圈各國聯絡處／
台　　灣　taiwan@happy-science.org
地址：台北市松山區敦化北路 155 巷 89 號（台灣代表處）
電話：02-2719-9377
官網：http://www.happysciencetw.org/zh-han
香　　港　hongkong@happy-science.org
新 加 坡　singapore@happy-science.org
馬來西亞　malaysia@happy-science.org
泰　　國　bangkok@happy-science.org
澳大利亞　sydney@happy-science.org

書　　號／978-626-96514-1-2
初　　版／2022 年 9 月
定　　價／380 元

國家圖書館出版品預行編目（CIP）資料

小說 十字架の女. 3, 宇宙編／大川隆法作；幸福科學經典翻譯小組翻譯. -- 初版. -- 臺北市：台灣幸福科學出版有限公司，2022.9
176 面；13×19 公分

ISBN 978-626-96514-1-2（精裝）

861.57　　111013549

廣告回信
台北郵局登記證
台北廣字第5433號
平信

IRH Press Taiwan Co., Ltd.
台灣幸福科學出版有限公司

104-029 台北市中山區中山北路三段49號7樓之4
台灣幸福科學出版　編輯部　收

請沿此線撕下對折後寄回或傳真，謝謝您寶貴的意見！

大川隆法
Ryuho Okawa

小說

十字架の女③〈宇宙編〉

台灣幸福科學出版有限公司

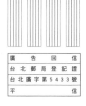

小說　十字架の女③〈宇宙編〉
讀者專用回函

非常感謝您購買《小說　十字架の女③〈宇宙編〉》一書，
敬請回答下列問題，我們將不定期舉辦抽獎，
中獎者將致贈本公司出版的書籍刊物等禮物！

讀者個人資料　　※本個資僅供公司內部讀者資料建檔使用，敬請放心。

1. 姓名：　　　　　　　　性別：□男　□女
2. 出生年月日：西元　　　　年　　　　月　　　　日
3. 聯絡電話：
4. 電子信箱：
5. 通訊地址：□□□-□□
6. 學歷：□國小 □國中 □高中／職 □五專 □二／四技 □大學 □研究所 □其他
7. 職業：□學生 □軍 □公 □教 □工 □商 □自由業□資訊 □服務 □傳播 □出版 □金融 □其他
8. 您所購書的地點及店名：
9. 是否願意收到新書資訊：□願意　□不願意

購書資訊：

1. 您從何處得知本書的訊息：（可複選）□網路書店　□逛書局時看到新書　□雜誌介紹　□廣告宣傳　□親友推薦　□幸福科學的其他出版品　□其他
2. 購買本書的原因：（可複選）□喜歡本書的主題　□喜歡封面及簡介　□廣告宣傳　□親友推薦　□是作者的忠實讀者　□其他
3. 本書售價：□很貴　□合理　□便宜　□其他
4. 本書內容：□豐富　□普通　□還需加強　□其他
5. 對本書的建議及讀後感
6. 盼望您能寫下對本公司的期望、建議…等等。

IRH Press Taiwan Co., Ltd.
台灣幸福科學出版有限公司